봄날의책 세계시인선

세상의 아내

봄날의책 세계시인선

캐롤 앤 더피 지음   김준환 옮김

봄날의책

일러두기

　　한 편의 시가 다음 면으로 이어질 때 연이 나뉘면 여섯 번째 행에서,
　연이 나뉘지 않으면 첫 번째 행에서 시작한다.

차례

사랑을 담아
메이, 재키, 엘라에게

Little Red-Cap

At childhood's end, the houses petered out
into playing fields, the factory, allotments
kept, like mistresses, by kneeling married men,
the silent railway line, the hermit's caravan,
till you came at last to the edge of the woods.
It was there that I first clapped eyes on the wolf.

He stood in a clearing, reading his verse out loud
in his wolfy drawl, a paperback in his hairy paw,
red wine staining his bearded jaw. What big ears
he had! What big eyes he had! What teeth!
In the interval, I made quite sure he spotted me,
sweet sixteen, never been, babe, waif, and bought me a drink,

my first. You might ask why. Here's why. Poetry.
The wolf, I knew, would lead me deep into the woods,
away from home, to a dark tangled thorny place
lit by the eyes of owls. I crawled in his wake,
my stockings ripped to shreds, scraps of red from my blazer
snagged on twig and branch, murder clues. I lost both shoes

빨간 모자 [1]

유년기의 끝자락, 집들이 점점 작아지며 사라지자
운동장, 공장,
무릎 굽힌 유부남들이, 첩인 양, 관리하는 텃밭,
잠잠한 기차선로, 은둔자의 이동 주택이 나타났고,
마침내 너희는 숲의 끝머리에 다다르게 되었지.
내가 늑대를 처음 본 건 바로 그곳이었어.

그는 빈터에 서서, 털투성이 앞발로 종이 표지 책을 들고,
늑대 특유의 점잔 빼는 느린 말투로 자기 시를 큰 소리로
읽고 있더군, 수염 난 턱엔 빨간 포도주 자국. 귀가
어찌나 크던지! 눈 또한 어찌나 크던지! 이빨도!
그사이, 나는 그가 어여쁜 열여섯 살, 경험 없는, 계집아이,
방랑자인 나를 꼭 찍어, 내게 한잔 사리라는 걸 확인했지,

처음이었어. 너희는 왜냐고 묻겠지. 왜냐면. 시 때문이야.
나는 알고 있었어, 늑대가 나를 집에서 멀리 떨어진 깊은
숲 속, 올빼미 눈빛 비치는 뒤엉킨 가시덤불 어두운 곳으로
데려가려 했다는 걸. 그의 전철을 따라 기어가다 보니,
내 스타킹은 갈기갈기 찢어졌고, 블레이저 웃옷의 빨간 조각들은
잔가지와 가지에 걸렸었어, 살해의 단서. 신발 두 짝 모두
　　　잃어버렸지만

but got there, wolf's lair, better beware. Lesson one that night,
breath of the wolf in my ear, was the love poem.
I clung till dawn to his thrashing fur, for
what little girl doesn't dearly love a wolf?
Then I slid from between his heavy matted paws
and went in search of a living bird — white dove —

which flew, straight, from my hands to his open mouth.
One bite, dead. How nice, breakfast in bed, he said,
licking his chops. As soon as he slept, I crept to the back
of the lair, where a whole wall was crimson, gold, aglow with
  books.
Words, words were truly alive on the tongue, in the head,
warm, beating, frantic, winged; music and blood.

But then I was young — and it took ten years
in the woods to tell that a mushroom
stoppers the mouth of a buried corpse, that birds
are the uttered thought of trees, that a greying wolf
howls the same old song at the moon, year in, year out,
season after season, same rhyme, same reason. I took an axe

늘대의 은신처, 그곳에 다다랐지, 한층 주의해야 했어. 그날
밤의 제1과, 내 귓전에 들리는 늘대의 숨소리, 사랑 시였어.
나는 동이 틀 때까지 요동치는 그의 모피를 붙잡고 늘어졌어,
어찌 어떤 소녀가 그 늘대를 끔찍이 사랑하지 않겠어?
그런 다음 나는 늘대의 엉겨 붙은 무거운 두 발 사이에서
미끄러져 나와 살아 있는 새를 찾아 나섰어

내 손에서 그의 벌어진 입으로, 곧장, 날아간 흰 비둘기를.
한 번 깨무니, 죽어버리더군. 그는 침대에서 웬 아침 식사냐고
정말 좋다며 입맛을 쩝쩝 다시더군. 그가 잠이 들자마자,
나는 그 은신처 뒤쪽으로 기어갔어. 그곳의 벽은 온통
진홍빛, 금빛, 책으로 타오르고 있었어.
단어, 단어들이 진정 혀 위에, 머리 안에, 살아 있었어,
화끈하게, 요동치며, 날뛰고, 퍼덕이며; 음악과 혈기.

하지만 그때 나는 어렸지─그리고 버섯이
매장된 시체의 입을 틀어막는다는 걸, 새들이 나무의
발화된 생각이라는 걸, 백발이 되어가는 늘대기
해마다, 계절마다, 똑같은 운율, 똑같은 이유로
달을 보며 똑같은 구식 노래를 울부짖는다는 걸 알아차리는 데
숲 속에서 십 년이나 걸렸어. 나는 도끼를 들고 [2]

to a willow to see how it wept. I took an axe to a salmon
to see how it leapt. I took an axe to the wolf
as he slept, one chop, scrotum to throat, and saw
the glistening, virgin white of my grandmother's bones.
I filled his old belly with stones. I stitched him up.
Out of the forest I come with my flowers, singing, all alone.

버드나무를 내리쳤지 어찌 우는지를 보려고. 나는 도끼를 들고
연어를 내리쳤지 어찌 뛰는지를 보려고. 나는 도끼를 들고
자고 있던 늑대를, 음낭에서 목구멍까지, 한 번에, 내리치곤,
내 할머니의 빛나는, 순백색 뼈들을 봤지.
나는 그의 늙은 배를 돌로 채웠어. 그러곤 바늘로 기웠어.
나는 이제 나의 꽃을 들고 숲에서 나오고 있어, 노래하며,
　　　혼자서.

Thetis

I shrank myself
to the size of a bird in the hand
of a man.
Sweet, sweet, was the small song
that I sang,
till I felt the squeeze of his fist.

Then I did this:
shouldered the cross of an albatross
up the hill of the sky.
Why? To follow a ship.
But I felt my wings
clipped by the squint of a crossbow's eye.

So I shopped for a suitable shape.
Size 8. Snake.
Big Mistake.
Coiled in my charmer's lap,
I felt the grasp of his strangler's clasp
at my nape.

테티스 [3]

나는
한 남자의
손 안에 있는 새만 한 크기로 줄어들었어.
내가 불렀던
가녀린 노래는 감미롭고, 감미로웠어,
죄어오는 그의 주먹을 느끼기 전까진.

그러곤 이렇게 했지 —
앨버트로스의 십자 날개를
메고 하늘 언덕 위로 헤치며 나아갔어.
왜? 배를 따라가려고.
한데 나는 내 날개가
가늘게 뜨고 쏘아보는 십자궁의 눈살에 잘리는 걸 느꼈어. [4]

그래서 내게 적당한 모습을 쇼핑하러 나갔지.
사이즈 8. 뱀.
엄청난 실수였어.
뱀 부리는 자의 무릎에 똬리를 튼 채
나는 내 목덜미에서
그 교살자의 죔쇠가 움켜쥐는 걸 느꼈어.

Next I was roar, claw, 50 lb paw,
jungle-floored, meateater, raw,
a zebra's gore
in my lower jaw.
But my gold eye saw
the guy in the grass with the gun. Twelve-bore.

I sank through the floor of the earth
to swim in the sea.
Mermaid, me, big fish, eel, dolphin,
whale, the ocean's opera singer.
Over the waves the fisherman came
with his hook and his line and his sinker.

I changed my tune
to racoon, skunk, stoat,
to weasel, ferret, bat, mink, rat.
The taxidermist sharpened his knives.
I smelled the stink of formaldehyde.
Stuff that.

그다음 나는 포효하는 맹수, 발톱, 50파운드의 발,
정글 누비기, 육식, 날 것,
내 아래턱엔
얼룩말의 피.
하지만 내 황금빛 눈은
풀숲에서 총을 든 녀석을 봤어. 12구경.

땅 구멍으로라도 움츠리고 들어가
바다에서 헤엄치려 했어.
인어, 나, 큰 물고기, 장어, 돌고래,
고래, 바다의 오페라 가수.
어부가 파도를 타고
낚싯바늘과 낚싯줄과 봉돌을 가지고 오더군.

나는 너구리, 스컹크, 담비,
족제비, 흰 족제비, 박쥐, 밍크, 쥐로
모습을 바꿔봤어.
박제사가 칼을 갈더군.
나는 포름알데히드의 악취를 맡았어.
박제라니, 제기랄.[5]

I was wind, I was gas,
I was all hot air, trailed
clouds for hair.
I scrawled my name with a hurricane,
when out of the blue
roared a fighter plane.

Then my tongue was flame
and my kisses burned,
but the groom wore asbestos.
So I changed, I learned,
turned inside out — or that's
how it felt when the child burst out.

나는 바람, 나는 기체,
나는 온통 뜨거운 바람, 길게 끌리는
구름 타래였어.
전투기가
푸른 하늘에서 느닷없이 포효하자
내 이름이 허리케인으로 휘갈겨졌어,

그다음 내 혀는 불꽃이었고
내 입맞춤은 활활 불타올랐지만,
신랑이 타지 않는 석면포를 입고 있더군.
그래서 난 변했고, 배웠고,
대대적으로 바뀌었지ㅡ혹
아기가 터져 나왔을 때 바로 그런 느낌이랄까.

Queen Herod

Ice in the trees.
Three Queens at the Palace gates,
dressed in furs, accented;
their several sweating, panting beasts,
laden for a long, hard trek,
following the guide and boy to the stables;
courteous, confident; oh, and with gifts
for the King and Queen of here — Herod, me —
in exchange for sunken baths, curtained beds,
fruit, the best of meat and wine,
dancers, music, talk —
as it turned out to be,
with everyone fast asleep, save me,
those vivid three —
till bitter dawn.

They were wise. Older than I.
They knew what they knew.
Once drunken Herod's head went back,
they asked to see her,
fast asleep in her crib,
my little child.
Silver and gold,
the loose change of herself,

헤롯 왕비 [6]

나무엔 얼음.
모피를 걸치고, 특이한 말투를 쓰는
세 여왕이 궁전 문 앞에 있었어;
길고 힘든 여행 내내 그들을 태워
땀 흘리며 헐떡거리는 그들의 짐승들,
안내인과 소년을 따라 마구간으로 갔었어;
정중하고, 자신만만하게; 아, 그리고
이곳의 왕과 왕비 — 헤롯과 나 — 를 위한 선물을 가지고 왔어
움푹 들어간 욕조, 커튼 드리운 침대,
과일, 최상급 고기와 포도주,
무희들, 음악, 이야기에 대한 대가로 —
나중에 드러났지만,
쓰라린 새벽까지
나와 그 생생한 세 여왕 말고는
모두들 깊은 잠에 빠져들었어.

그들은 현명했어. 나이도 나보다 많고.
그들은 자기들이 뭘 아는지를 알고 있었어.
취한 헤롯의 머리가 뒤로 젖혀지자,
그들은 아기 침대에서 곤히 잠든
내 딸 아이를
보여달라 청했어.
은과 금
그녀의 오목한 얼굴에서 빛나는

glowed in the soft bowl of her face.
Grace, said the tallest Queen.
Strength, said the Queen with the hennaed hands.
The black Queen
made a tiny starfish of my daughter's fist,
said *Happiness*; then stared at me,
Queen to Queen, with insolent lust.
Watch, they said, *for a star in the East —*
a new star
pierced through the night like a nail.
It means he's here, alive, new-born.
Who? *Him. The Husband. Hero. Hunk.*
The Boy Next Door. The Paramour. The Je t'adore.
The Marrying Kind. Adulterer. Bigamist.
The Wolf. The Rip. The Rake. The Rat.
The Heartbreaker. The Ladykiller. Mr Right.

My baby stirred,
suckled the empty air for milk,
till I knelt
and the black Queen scooped out my breast,
the left, guiding it down
to the infant's mouth.
No man, I swore,
will make her shed one tear.
A peacock screamed outside.

Afterwards, it seemed like a dream.
The pungent camels
kneeling in the snow,

아직은 무른 동그란 동전.
가장 키가 큰 왕비가 말했어, "우아함."
헤나[7]로 물들인 손을 한 여왕이 말했어, "강인함."
검은 여왕은
내 딸의 주먹으로 조그만 별모양 불가사리를 만들며
말했어, "행복함." 그러곤 여왕 대 여왕으로,
나를 응시했어, 무례한 욕망을 지닌 채.
그들이 그랬어, "동쪽의 별을 지켜보시지요—
못처럼 밤을 관통하는
새로운 별을.
그가 갓 태어나, 살아, 여기에 있다는 뜻이랍니다."[8]
누구? "그 자." "남편." "영웅." "섹시 남."
"옆집 소년." "연인." "내 사랑꾼."
"결혼 하려는 자." "간통 저지른 자." "이중 결혼한 자."
"늑대." "불량배." "난봉꾼." "변절자."
"애끓게 하는 무정한 임." "죽여주는 호색남." "완벽한 남편감."

내 아이가 꿈틀거리며,
젖 대신 빈 공기를 빨고 있었어,
결국 나는 무릎을 구부렸고
검은 여왕은 내 젖을 끄집어내어
왼쪽 젖을 아래로 끌어
아이의 입에 갖다 대었어.
나는 "어떤 남자든
내 딸이 눈물 한 방울도 흘리지 못하게 하리라"고 맹세했어.
수컷 공작이 밖에서 비명을 지르고 있었지.

그 후, 그저 꿈만 같았어.
눈 속에서 무릎 꿇고
악취로 코를 찌르는 낙타들,

the guide's rough shout
as he clapped his leather gloves,
hawked, spat, snatched
the smoky jug of mead
from the chittering maid —
she was twelve, thirteen.
I watched each turbaned Queen
rise like a god on the back of her beast.
And splayed that night
below Herod's fusty bulk,
I saw the fierce eyes of the black Queen
flash again, felt her urgent warnings scald
my ear. *Watch for a star, a star.*
It means he's here ...

Some swaggering lad to break her heart,
some wincing Prince to take her name away
and give a ring, a nothing, nowt in gold.
I sent for the Chief of Staff,
a mountain man
with a red scar, like a tick
to the mean stare of his eye.
Take men and horses,
knives, swords, cutlasses.
Ride East from here
and kill each mother's son.
Do it. Spare not one.

The midnight hour. The chattering stars
shivered in a nervous sky.

가죽 장갑을 탁탁 치고
기침하여 가래를 칵 내뱉으며
재잘거리는
열두세 살 하녀에게서
거무칙칙한 벌꿀 술통을 잡아채며
거칠게 소리치는 안내인.
나는 두건 쓴 여왕이 하나씩
신처럼 그 짐승의 등에 올라타는 걸 지켜봤어.
그날 밤 헤롯의 케케묵은 몸뚱이 아래서
흉하게 벌린 채 축 늘어져 있던
나는 검은 여왕의 사나운 눈이
다시 번뜩이는 걸 보았고, 그녀의 긴급한 경고가
내 귀를 데이게 하는 걸 느꼈어. "별을, 별을 지켜보시지요.
그가 여기에 있다는 뜻이랍니다…"

내 딸의 마음을 아프게 할 어느 거들먹거리는 녀석,
내 딸의 이름을 앗아가고 아무것도 아닌, 가치 없는,
금반지를 줄 어느 움찔거리는 왕자.
나는 야비하게 응시하는 그 눈에
꺾자(√) 모양의, 빨간 흉터를 지닌
산사람,
참모장을 찾으러 사람을 보냈어.
"사람과 말
칼, 검, 단검을 확보하라.
여기서 동쪽으로 가
모든 어머니의 아들을 다 죽여라.
그리하라. 하나도 살려두지 말라."

한밤중. 조잘대는 별들이
불안한 하늘에서 떨고 있었어.

Orion to the South
who knew the score, who'd seen,
not seen, then seen it all before;
the yapping Dog Star at his heels.
High up in the West
a studded, diamond W.
And then, as prophesied,
blatant, brazen, buoyant in the East —
and blue —
The Boyfriend's Star.

We do our best,
we Queens, we mothers,
mothers of Queens.

We wade through blood
for our sleeping girls.
We have daggers for eyes.

Behind our lullabies,
the hooves of terrible horses
thunder and drum.

남쪽으론
그 상황을 분명히 알고 있었던, 봤다가,
보지 않았다가, 그런 다음 그 앞의 모든 것을 다 봤던 오리온;
뒤에 바짝 붙어 요란하게 짖어대는 개 별.
서쪽 아주 높은 곳엔
점점이 박혀있는 다이아몬드 W.
그러곤, 예언대로, 동쪽엔
노골적이고, 뻔뻔하고, 자신감에 차서 들뜬—
그리고 파란—
남친 별.[9]

우리들은 최선을 다하지,
우리 여왕들, 우리 엄마들,
여왕들의 엄마들은.

우리들은 잠자는 소녀들을 위해
살육을 마다하지 않지.
우리들의 눈은 단도.

우리의 자장가 뒤에는
무시무시한 말발굽
천둥과 북소리.

Mrs Midas

It was late September. I'd just poured a glass of wine, begun
to unwind, while the vegetables cooked. The kitchen
filled with the smell of itself, relaxed, its steamy breath
gently blanching the windows. So I opened one,
then with my fingers wiped the other's glass like a brow.
He was standing under the pear tree snapping a twig.

Now the garden was long and the visibility poor, the way
the dark of the ground seems to drink the light of the sky,
but that twig in his hand was gold. And then he plucked
a pear from a branch — we grew Fondante d'Automne —
and it sat in his palm like a light bulb. On.
I thought to myself, Is he putting fairy lights in the tree?

He came into the house. The doorknobs gleamed.
He drew the blinds. You know the mind; I thought of
the Field of the Cloth of Gold and of Miss Macready.
He sat in that chair like a king on a burnished throne.
The look on his face was strange, wild, vain. I said,
What in the name of God is going on? He started to laugh.

마이다스 부인 [10]

늦은 구월이었어. 내가 포도주를 한 잔 부어 마셨더니 긴장이 좀
풀리기 시작했고, 그동안 야채들이 준비됐어. 부엌은
냄새로 가득 찼다가, 잦아들었고, 자욱한 증기가
부드러이 유리창에 서렸어. 그래서 한쪽 창문을 열고는,
손가락으로 다른 쪽 창 유리를 이마인 양 닦았어.
그가 배나무 밑에서 잔가지를 꺾으며 서 있더군.

바야흐로 땅의 어둠이 하늘의 빛을 다 들이마신 듯,
정원은 길고 잘 보이지 않았으나,
그의 손에 있던 잔가지는 황금빛이었어. 그러곤 그가 가지에서
배를 하나 따더군 ─ 우리는 질 좋은 달콤한 배를 키웠어 ─
그게 그의 손바닥에 전구처럼 놓여 있었어. 불이 켜진 채.
나는 혼자 생각했지, 그가 나무에 요정 불을 켰나?

그가 집 안으로 들어왔어. 문의 손잡이가 번쩍이더군.
그가 창 가리개를 내렸어. 뭔 생각인지 알잖아. 나는
황금천의 들판과 매크레디 양을 떠올렸어. [11]
그가 번쩍이는 왕좌에 앉은 왕처럼 의자에 앉더군.
그의 얼굴 표정은 낯설고, 무모하고, 공허했어. 내가 날랬지,
도대체 무슨 일이야? 그가 막 웃더군.

I served up the meal. For starters, corn on the cob.
Within seconds he was spitting out the teeth of the rich.
He toyed with his spoon, then mine, then with the knives,
     the forks.
He asked where was the wine. I poured with a shaking hand,
a fragrant, bone-dry white from Italy, then watched
as he picked up the glass, goblet, golden chalice, drank.

It was then that I started to scream. He sank to his knees.
After we'd both calmed down, I finished the wine
on my own, hearing him out. I made him sit
on the other side of the room and keep his hands to himself.
I locked the cat in the cellar. I moved the phone.
The toilet I didn't mind. I couldn't believe my ears:

how he'd had a wish. Look, we all have wishes; granted.
But who has wishes granted? Him. Do you know about gold?
It feeds no one; aurum, soft, untarnishable; slakes
no thirst. He tried to light a cigarette; I gazed, entranced,
as the blue flame played on its luteous stem. At least,
I said, you'll be able to give up smoking for good.

나는 저녁을 차려줬어. 전채 요리는, 옥수수. 곧바로 그가
부자들의 금이빨을 뱉어내더군. 그가 자기 숟가락,
다음엔 내 숟가락, 그다음엔 나이프와 포크를 가지고 놀더군.
그러곤 포도주가 어디 있냐고 묻더군. 나는 떨리는 손으로
향기롭고 아주 드라이한 이탈리아산 백포도주를 따랐고
그가 유리, 포도주 잔, 금빛 성배를 들고 마시는 걸 바라보았어.

그때 내가 비명을 질렀지. 그가 무릎 굽혀 털썩 주저앉더군.
우리 둘 다 진정한 후, 나는 내 포도주 잔을
비우고, 그의 말을 끝까지 들어주기로 했어. 나는 그를
방의 반대편에 앉혀두고, 손을 가만히 두라고 했어.
나는 고양이를 저장고에 가둬놓고. 전화기는 치웠어.
변기는 상관하지 않았어. 나는 내 귀를 믿을 수 없었어:

그에게 소원이 있었다니. 봐, 우리 모두에게 소원은 있어; 맞아.
근데 누구의 소원이 이루어지는 거지? 그 사람. 너흰 금에 관해
알아? 아무도 먹지 못해; 아우룸,[12] 무르고, 녹슬지 않음; 갈증을
풀지도 못해. 그가 담배에 불을 붙이려 하더군; 파란 불꽃이
진한 주황색 담배 줄기 위에서 넘실거리는 걸 응시하다가 넋을
잃었어. 내가 말했어, 당신, 적어도, 영원히 금연은 할 수 있겠네.

Separate beds. In fact, I put a chair against my door,
near petrified. He was below, turning the spare room
into the tomb of Tutankhamun. You see, we were passionate
        then,
in those halcyon days; unwrapping each other, rapidly,
like presents, fast food. But now I feared his honeyed embrace,
the kiss that would turn my lips to a work of art.

And who, when it comes to the crunch, can live
with a heart of gold? That night, I dreamt I bore
his child, its perfect ore limbs, its little tongue
like a precious latch, its amber eyes
holding their pupils like flies. My dream-milk
burned in my breasts. I woke to the streaming sun.

So he had to move out. We'd a caravan
in the wilds, in a glade of its own. I drove him up
under cover of dark. He sat in the back.
And then I came home, the woman who married the fool
who wished for gold. At first I visited, odd times,
parking the car a good way off, then walking.

각방을 썼어. 사실, 나는 겁에 질려 내 문을 의자로 막아놓았어.
그는 아래층에서 지내며, 남아도는 방을 투탕카멘의 묘로
만들어버렸어.¹³ 알다시피, 우리가 행복했던 예전엔 정말
열정적이었어; 선물인 양, 패스트푸드인 양 상대방을, 재빨리,
풀어 벗겼지. 하지만 이젠 그의 꿀 떨어지는 포옹,
내 입술을 예술 작품으로 만들어버릴 입맞춤도 무서웠어.

심각한 결정의 순간이 오면, 누가 과연 황금 심장을 먹고
살 수 있을까? 그날 밤, 나는 그의 아기를 밴 꿈을 꾸었어.
완벽한 금속 팔다리, 귀중한 빗장 같은 자그마한 혀,
파리같이 눈동자가 호박(琥珀) 눈 속에 들어 있는 그의 아기를.
내 꿈속 모유는 젖 속에 고여 아프게 달아올랐어.
나는 흘러드는 햇빛에 깨어났지.

그래서 그가 이사 나가야만 했어. 우리는 황야에
그 작은 빈터에 이동식 주택 하나 갖고 있었어. 어둠을 틈타
내가 그를 태워 갔지. 그는 뒷자리에 앉아 있었어.
그런 다음 나는 집으로 왔어, 황금을 소원했던
바보와 결혼했던 여자. 처음에 나는 이따금씩 방문했는데
차를 아주 멀리 세워놓고, 걸어갔지.

You knew you were getting close. Golden trout
on the grass. One day, a hare hung from a larch,
a beautiful lemon mistake. And then his footprints,
glistening next to the river's path. He was thin,
delirious; hearing, he said, the music of Pan
from the woods. Listen. That was the last straw.

What gets me now is not the idiocy or greed
but lack of thought for me. Pure selfishness. I sold
the contents of the house and came down here.
I think of him in certain lights, dawn, late afternoon,
and once a bowl of apples stopped me dead. I miss most,
even now, his hands, his warm hands on my skin, his touch.

너희도 점점 가까워지고 있다는 걸 알겠지. 풀 위의
황금 송어. 어느 날엔, 금빛 낙엽송에 매달린 산토끼,
아름다운 레몬 빛 실수. 그러곤, 강가 길섶
번쩍이는 그의 발자국들. 그는 말랐고,
착란 증세까지 보이더군; 그가 숲에서 온 목양신의
음악을 들었다고 말하더군. 들어봐. 더는 안 되겠더라고.

지금 나를 짜증나게 하는 건 멍청한 짓거리나 탐욕이 아니라
별로 나를 생각하지 않았다는 것. 순전한 이기심. 나는
집에 있던 물건들을 팔아버리곤 여기로 내려왔지.
나는 어느 빛이 들 때, 동이 틀 때, 늦은 오후에 그를 생각해,
한번은 한 광주리 사과가 갑자기 나를 멈추게 했었어. 지금도
그의 손, 내 살에 닿은 그 따스한 손, 그 손길이 제일 그리워.

from Mrs Tiresias

All I know is this:
he went out for his walk a man
and came home female.

Out the back gate with his stick,
the dog;
wearing his gardening kecks,
an open-necked shirt,
and a jacket in Harris tweed I'd patched at the elbows myself.

Whistling.

He liked to hear
the first cuckoo of spring
then write to *The Times*.
I'd usually heard it
days before him
but I never let on.

티레시아스 부인으로부터 [14]

이게 내가 아는 전부야:
남자였던 그가 산보하러 나갔다가
여자가 되어 돌아오더군.

개를 데리고,
지팡이를 짚고 뒷문으로 나갔어;
원예용 켁스 바지
목 트인 셔츠에
팔꿈치에 천 조각을 대고 기워준 해리스 트위드 상의를 입고서.

휘파람을 불면서.

그는 봄철의 첫 뻐꾸기 소리를
듣고 나서
『더 타임스』에 글을 기고하는 걸 좋아했어.
나는 평소에 그보다 며칠 일찍
그 소리를 들었지만
절대 말하지는 않았지.

I'd heard one that morning
while he was asleep;
just as I heard,
at about 6 p.m.,
a faint sneer of thunder up in the woods
and felt
a sudden heat
at the back of my knees.

He was late getting back.

I was brushing my hair at the mirror
and running a bath
when a face
swam into view
next to my own.

The eyes were the same.
But in the shocking V of the shirt were breasts.
When he uttered my name in his woman's voice I passed out.

나는 그날 아침 그가 자는 동안
그 소리를 들었었어;
내가, 오후 여섯 시쯤,
숲 위 천둥의 희미한 비웃음 소리를
듣고서
내 무릎 뒤쪽에
엄습하는 열기를
느꼈던 것처럼.

그가 느지막이 돌아왔어.

나는 거울 앞에서 머리를 빗으며
욕조에 물을 받고 있었어
그때 얼굴 하나가
내 얼굴 옆으로
헤엄치듯 쑥 들어와 보였어.

눈은 똑같았어.
하지만 그 충격적인 V자 셔츠 속에 젖이 있었어.
그가 여자 목소리로 내 이름을 부르자, 나는 실신했어.

*

Life has to go on.

I put it about that he was a twin
and this was his sister
come down to live
while he himself
was working abroad.

And at first I tried to be kind;
blow-drying his hair till he learnt to do it himself,
lending him clothes till he started to shop for his own,
sisterly, holding his soft new shape in my arms all night.

Then he started his period.

One week in bed.
Two doctors in.
Three painkillers four times a day.

*

인생은 계속될 수밖에.

내가 거짓 소문을 퍼뜨렸지
그는 쌍둥이인데
이 사람이 그의 여자 쌍둥이고
그가 해외로 일 나간 동안
같이 지내러 와 있다고.

처음에는 내가 친절하려고 애를 썼지; 그가 배워
혼자 할 수 있을 때까지 드라이어로 머리를 매만져주고,
자기 스스로 물건을 사기 시작할 때까지 옷을 빌려주고,
자매처럼, 밤새 내 팔에 그의 부드러운 새 몸을 안아주기도 했어.

그런데 그가 생리를 시작하더군.

일주일을 침대에서.
의사 둘이 다녀갔고.
진통제 세 개씩 하루에 네 번.

And later
a letter
to the powers that be
demanding full-paid menstrual leave twelve weeks per year.
I see him still,
his selfish pale face peering at the moon
through the bathroom window.
The curse, he said, *the curse.*

Don't kiss me in public,
he snapped the next day,
I don't want folk getting the wrong idea.

It got worse.

그런 후
유력 인사들에게
일 년에 십이 주 유급 생리휴가를 요구하는
편지 한 통을 보내더군.
욕실 창문을 통해
달을 찬찬히 응시하는
그의 이기적인 창백한 얼굴이
아직 내 눈에 선해.
그가 "생리라니" "저주야, 저주"라 하더군.[15]

"공공장소에서 내게 키스하지 마",
"사람들이 오해하는 게 싫어"라며
  그가 다음 날 딱딱거리며 대들더군.

  상황이 점점 더 나빠져갔어.

*

After the split I would glimpse him
out and about,
entering glitzy restaurants
on the arms of powerful men —
though I knew for sure
there'd be nothing of *that*
going on
if he had his way —
or on TV
telling the women out there
how, as a woman himself,
he knew how we felt.

His flirt's smile.

The one thing he never got right
was the voice.
A cling peach slithering out from its tin.

I gritted my teeth.

*

헤어진 후 나는 그가 회복하고
다시 나다니는 걸 얼핏 보곤 했어,
강한 남자들의 팔에 기대
번지르르한 음식점에 들어가더군—
그가 자기 마음대로 했더라면
그딴 일이
벌어지지
않았으리라는 걸
물론 나는 분명 알고 있었지—
때로는 TV에 나가서
그가 남자인 자기가 여자로서
우리 여자들이 어떻게 느끼는지를
어떻게 알았는지를
모든 여성 시청자들에게 말하더군.

추파를 던지는 그의 미소.

그가 결코 고치지 못한 것은
바로 목소리.
클링 복숭아가 통조림 깡통에서 주르르 미끄러져 흐르는 소리.

나는 이를 악물었어.

*

And this is my lover, I said,
the one time we met
at a glittering ball
under the lights,
among tinkling glass,
and watched the way he stared
at her violet eyes,
at the blaze of her skin,
at the slow caress of her hand on the back of my neck;
and saw him picture
her bite,
her bite at the fruit of my lips,
and hear
my red wet cry in the night
as she shook his hand
saying *How do you do;*
and I noticed then his hands, her hands,
the clash of their sparkling rings and their painted nails.

*

"내 애인이야"
　어느 반짝거리는 무도회
　불빛 아래,
　쨍그랑거리는 잔 사이에서,
　우리가 만났을 때 내가 그에게 말했지,
　그리고 그의 태도를 보니
　내 애인의 자줏빛 눈
　그녀의 타오르는 살갗
　내 목덜미를 살살 애무하는 그녀의 손을 빤히 쳐다보고 있더군;
　그리고 내 애인이 그와 악수하며
"처음 뵙겠습니다"라고 할 때, 봤더니,
　그는 상상 속에서
　그녀가 내 입술의 열매[16]를 깨물려고
　깨물려고 덤벼드는 걸 머릿속에 그리며,
　밤에 흐르는 나의 붉게 젖은 탄성을
　듣고 있더군;
　그때 나는 알아차렸어, 그의 손, 그녀의 손
　그들의 반짝이는 반지와 색칠한 손톱이 부딪치는 걸.

Pilate's Wife

Firstly, his hands — a woman's. Softer than mine,
with pearly nails, like shells from Galilee.
Indolent hands. Camp hands that clapped for grapes.
Their pale, mothy touch made me flinch. Pontius.

I longed for Rome, home, someone else. When the Nazarene
entered Jerusalem, my maid and I crept out,
bored stiff, disguised, and joined the frenzied crowd.
I tripped, clutched the bridle of an ass, looked up

and there he was. His face? Ugly. Talented.
He looked at me. I mean he looked at *me*. My God.
His eyes were eyes to die for. Then he was gone,
his rough men shouldering a pathway to the gates.

The night before his trial, I dreamt of him.
His brown hands touched me. Then it hurt.
Then blood. I saw that each tough palm was skewered
by a nail. I woke up, sweating, sexual, terrified.

빌라도의 아내 [17]

먼저, 그의 손[18]은 ― 여자의 손. 내 손보다 더 부드럽고
손톱은 갈릴리산 조가비 같은 진주색.
나태한 손. 포도를 내오라고 손뼉 치는 과하게 여성적인 손.[19]
창백하고 나방 같은 그의 손길에 나는 움찔했지. 폰티우스.

나는 로마, 고향, 다른 사람을 갈망했어. 그 나사렛 사람[20]이
예루살렘으로 들어올 때, 내 시녀와 함께 몰래 빠져나갔어,
지루해 죽겠어서, 변장하고, 격앙된 군중 속으로 들어갔어.
나는 헛디뎌 넘어질 뻔하다, 당나귀 고삐를 붙잡고서,
       올려다보았더니

그가 있더군. 그의 얼굴? 추했어. 재주는 있는 듯.
그가 나를 보더군. 말하자면 그가 나를 보더라니까. 오 하느님!
죽어도 좋을 만큼 갖고 싶은 눈을 하고 있었어. 그가 지나갔지,
거친 자들이 어깨로 밀어제치며 문 쪽으로 길을 내며 가더군.

그의 재판 전날 밤, 내 꿈에 그가 나왔어.
그의 갈색 손이 나를 만졌어. 그다음엔 아팠어.
그다음엔 피. 나는 그의 거친 손바닥이 못에 찔리는 걸
봤어. 땀에 흠뻑 젖어, 흥분한 채, 무서워 일어났지.

Leave him alone. I sent a warning note, then quickly dressed.
When I arrived, the Nazarene was crowned with thorns.
The crowd was baying for Barabbas. Pilate saw me,
looked away, then carefully turned up his sleeves

and slowly washed his useless, perfumed hands.
They seized the prophet then and dragged him out,
up to the Place of Skulls. My maid knows all the rest.
Was he God? Of course not. Pilate believed he was.

"그를 내버려둬요." 나는 경고하는 전갈을 보내고, 얼른 옷을
     입었어.
내가 도착했더니, 그 나사렛 사람은 가시 면류관을 쓰고 있더군.
군중은 바라바[21]를 달라고 울부짖었어. 빌라도가 나를 보더니,
눈길을 돌리곤, 조심스레 소매를 걷어 올리더니

쓸모없는, 향수 뿌린 자기 손을 천천히 씻더군.
그러자 그들은 그 예언자를 붙잡아 해골터[22]로
끌고 가더군. 나머지 이야기는 내 시녀가 알고 있지. 그가
하느님이었던가? 분명 아니야. 근데 빌라도는 그렇게 믿더라고.

Mrs Aesop

By Christ, he could bore for Purgatory. He was small,
didn't prepossess. So he tried to impress. *Dead men,
Mrs Aesop,* he'd say, *tell no tales.* Well, let me tell you now
that the bird in his hand shat on his sleeve,
never mind the two worth less in the bush. Tedious.

Going out was worst. He'd stand at our gate, look, then leap;
scour the hedgerows for a shy mouse, the fields
for a sly fox, the sky for one particular swallow
that couldn't make a summer. The jackdaw, according to him,
envied the eagle. Donkeys would, on the whole, prefer to be
    lions.

On one appalling evening stroll, we passed an old hare
snoozing in a ditch — he stopped and made a note —
and then, about a mile further on, a tortoise, somebody's pet,
creeping, slow as marriage, up the road. *Slow
but certain, Mrs Aesop, wins the race.* Asshole.

이솝 부인 [23]

맙소사, 그는 연옥만큼이나 지루한 인간이었어. 그는 작고, 별로
좋은 인상도 주지 못했어. 그래서 그는 감명을 주려 했어. 그가
말하곤 했지, "이솝 부인, 죽은 자는 말이 없는 법이라오." 그럼,
이젠 내가 너희에게 이야기하게 해줘, 그의 손에 있던 새
한 마리가 그의 소맷자락에 똥을 쌌어, 숲에 있는 별것 아닌 새
　　두 마리는 신경 쓰지 마.[24] 따분해.

외출은 최악이었어. 그는 우리 문 앞에 서 있다가, 내다보고는,
껑충껑충 뛰더군; 소심한 쥐[25]를 찾아 산울타리를,
교활한 여우[26]를 찾아 들판을,
여름을 오게 할 수 없는 특별한 제비 한 마리를 찾아 하늘을[27]
샅샅이 뒤지며 다니곤 했지. 그에 따르면, 갈까마귀는 독수리를
질투했어.[28] 당나귀는, 대체로, 사자가 되고 싶어 한다더군.[29]

어느 오싹한 저녁 산보를 하다가, 우리는 도랑에서 잠시 잠든
늙은 토끼를 지나쳤어―그가 멈춰서 몇 글자 적더군― 그러곤,
일 마일 정도 더 가서, 도로를, 결혼처럼 느릿느릿, 기어가는
누군가의 애완용 거북이를 지나쳤어. "이솝 부인, 느리지만
끝까지 믿고 간다면 결국 경기를 이기는 법이라오."[30] 이런
　　똥 머저리.

What race? What sour grapes? What silk purse,
sow's ear, dog in a manger, what big fish? Some days
I could barely keep awake as the story droned on
towards the moral of itself. *Action, Mrs A., speaks louder
than words.* And that's another thing, the sex

was diabolical. I gave him a fable one night
about a little cock that wouldn't crow, a razor-sharp axe
with a heart blacker than the pot that called the kettle.
I'll cut off your tail, all right, I said, *to save my face.*
That shut him up. I laughed last, longest.

경기는 무슨? 신 포도는 무슨?[31] 비단 지갑은 무슨? 암퇘지 귀는
무슨?[32] 여물통 속의 개는 무슨?[33] 큰 물고기는 무슨?[34] 어떤 날엔
이야기가 진절머리 날 정도로 웅얼거리며 교훈으로 이어지자,
난 겨우 깨어 있었어. "이(솝) 부인, 행동이 말보다 더
중요한 법이라오."[35] 그건 딴 거지, 섹스는 진저리 날 정도.

어느 날 밤엔 내가 '꼬추요' 하고 울지 않는 작은 수탉,[36]
그리고 냄비가 주전자 보고 말한[37] 그 검은색보다 더 시커먼
마음을 지닌 날 선 도끼에 관한 우화를 이야기해줬지. "내가
내 체면을 위해 네 꼬리를 자를 거야, 알겠지"[38] 라고 내가 말했어.
그랬더니 그가 입을 닫더군. 최후엔 내가 웃었지. 아주 오래.[39]

Mrs Darwin

7 April 1852.

Went to the Zoo.
I said to Him —
Something about that Chilpanzee over there reminds me of you.

다윈 부인 [40]

1852년 4월 7일

동물원에 갔다.
내가 그이에게 말했다―
저기 있는 저 침팬지, 뭔가 자기를 생각나게 하네.

Mrs Sisyphus

That's him pushing the stone up the hill, the jerk.
I call it a stone — it's nearer the size og a kirk.
When he first started out, it just used to irk,
but now it incenses me, and him, the absolute berk.
I could do something vicious to him with a dirk.

Think of the perks, he says.
What use is a perk, I shriek,
when you haven't the time to pop open a cork
or go for so much as a walk in the park?
He's a dork.
Folk flock from miles around just to gawk.
They think it's a quirk,
a bit of a lark.
A load of old bollocks is nearer the mark.
He might as well bark
at the moon —
that feckin' stone's no sooner up
than it's rolling back
all the way down.
And what does he say?
Mustn't shirk —
keen as a hawk,
lean as a shark
Mustn't shirk!

시시포스 부인 [41]

언덕 위로 돌을 굴려 올리는 바로 저 사람이야, 얼뜨기. ^{저크}
내가 돌이라 했지만―크기는 거의 교회만 해. ^{커크}
그가 처음 시작했을 땐, 그게 좀 성가시곤 했는데, ^{어크}
이젠 그게 나와 완전 멍청이인 그를 진짜 화나게 해. ^{바크}
내가 그에게 뭔가 악랄한 짓을 할 수도 있었어, 단도로. ^{더크}

혜택을 생각해, 그가 그러더군. ^{퍼크} ^{싱크}
당신에게 마개를 톡 따서 한잔할 시간도 없고 ^{코크}
공원에서 산보할 시간조차 없다면 ^{파크} ^{워크}
그 혜택이 다 무슨 소용인데? 나는 비명을 질렀어. ^{퍼크} ^{슈리크}
그는 찌질이야. 수 마일 밖에서 ^{도크}
사람들이 떼 지어 몰려오더군, 멍청하게 처다보려고. ^{포크} ^{플로크} ^{고크}
그들은 그게 별난 짓, ^{퀴크}
약간 장난질이라 생각하더군. ^{라크} ^{싱크}
완전 고리타분한 헛짓거리라는 게 진실에 더 가깝겠군. ^{불로크} ^{마크}

그가 차라리 달을 보고
짖어대는 게 더 낫지― ^{바크}
저 망할 놈의 돌이 굴러 오르기 무섭게 ^{페크}
저 아래로 다시 ^{배크}

쭉 굴러 떨어질 텐데―

근데 그가 뭐라 했냐고?
게으름 피우지 말 것― ^{서크}
매같이 예리하고, ^{호크}
상어같이 날렵하게 ^{샤크}
게으름 피우지 말 것! ^{서크}

But I lie alone in the dark,
feeling like Noah's wife did
when he hammered away at the Ark;
like Frau Johann Sebastian Bach.
My voice reduced to a squawk,
my smile to a twisted smirk;
while, up on the deepening murk of the hill,
he is giving one hundred per cent and more to his work.

하지만 나는 캄캄한 어둠^{다크} 속에 혼자 누워 있어,
노아가 열심히 거듭 망치질해가며 방주^{아크}를 만들 때
그의 아내처럼^{라이크},
요한 제바스티안 바흐^{바크}의 부인처럼^{라이크}, 느끼면서.
꽥꽥거리는^{스퀘크} 소리로 쉬어버린 내 목소리,
능글맞게 히죽거리는^{스머크} 웃음으로 뒤틀어진 내 미소,
그동안, 그는 깊어가는 어둠이 드리운 저 언덕^{머크} 위에서
일백 퍼센트 그리고 그 이상으로 일^{워크}[42]을 하고 있어.

Mrs Faust

First things first —
I married Faust.
We met as students,
shacked up, split up,
made up, hitched up,
got a mortgage on a house,
flourished academically,
BA. MA. Ph.D. No kids.
Two towelled bathrobes. Hers. His.

We worked. We saved.
We moved again.
Fast cars. A boat with sails.
A second home in Wales.
The latest toys — computers,
mobile phones. Prospered.
Moved again. Faust's face
was clever, greedy, slightly mad.
I was as bad.

파우스트 부인 ⁴³

제일 중요한 것부터 먼저—
난 파우스트와 결혼했어.
우리는 학생 때 만나
동거하다, 헤어지고,
화해하고, 연을 맺었어.
대출받아 집 장만하고
학문적으로 번창하여
학사, 석사, 박사까지. 애는 없고.
두 개의 천으로 된 목욕 가운. 여자 것, 남자 것.

우리는 일을 했고. 돈을 모았고.
다시 이사했어.
빠른 자동차들. 돛 여럿 달린 배.
웨일스에 두 번째 집.
최신 장난감들— 컴퓨터
휴대전화, 잘 나갔어.
또다시 이사. 파우스트의 얼굴은
영민하고, 탐욕스럽고, 악긴 미친 듯.
나도 그에 못지않았지.

I grew to love the lifestyle,
not the life.
He grew to love the kudos,
not the wife.
He went to whores.
I felt, not jealousy,
but chronic irritation.
I went to yoga, t'ai chi,
Feng Shui, therapy, colonic irrigation.

And Faust would boast
at dinner parties
of the cost
of doing deals out East.
Then take his lust
to Soho in a cab,
to say the least,
to lay the ghost,
get lost, meet panthers, feast.

나는 점점 삶이 아니라
삶의 방식을 사랑하게 되었어.
그는 점점 아내가 아니라
명성을 사랑하게 되었어.
그가 매춘부에게 다니더군.
나는 질투심이 아니라
만성적인 짜증을 느꼈어.
나는 요가, 태극권,
풍수지리, 치료 요법, 장세척을 받으러 다녔어.

그리고 파우스트는
저녁 연회에선
저 동양에서 거래할 때 드는
비용에 대해 떠벌리더군.
그러곤 택시를 타고
소호[44]로 자기 욕정을 싣고 가서,
최소한의 말만 하며,
골칫거리 악령을 물리치려고,
길 잃은, 표범 같은 애들을 만나, 마음껏 즐기더군.

He wanted more.
I came home late one winter's evening,
hadn't eaten.
Faust was upstairs in his study,
in a meeting.
I smelled cigar smoke,
hellish, oddly sexy, not allowed.
I heard Faust and the other
laugh aloud.

Next thing, the world,
as Faust said,
spread its legs.
First politics —
Safe seat. MP. Right Hon. KG.
Then banks —
offshore, abroad —
and business —
Vice-chairman. Chairman. Owner. Lord.

그는 더 원했어.
내가 어느 겨울 저녁 늦게
아무것도 먹지 못한 채 집에 갔었어.
파우스트는 위층 자기 서재에서
회의를 하고 있더군.
나는 시가[45] 연기 냄새를 맡았어, 지옥같이 섬뜩하고,
희한하게 성적인 매력도 있더군, 허용되진 않았지.
나는 파우스트와 다른 누군가[46]가
큰 소리로 웃는 걸 들었어.

그다음, 파우스트가
말했듯이, 세계는
가랑이를 벌렸어.
먼저 정치 ― 당선이 확실한 선거구,
하원 의원, 대단히 명예로운 상원 의원, 가터 훈장 기사 작위.
그다음 은행 ―
역외, 해외 ―
그다음 사업 ―
부회장. 회장, 소유주. 경(卿).

Enough? *Encore!*
Faust was Cardinal, Pope,
knew more than God;
flew faster than the speed of sound
around the globe,
lunched;
walked on the moon,
golfed, holed in one;
lit a fat Havana on the sun.

Then backed a hunch —
invested in smart bombs,
in harms,
Faust dealt in arms.
Faust got in deep, got out.
Bought farms,
cloned sheep,
Faust surfed the Internet
for like-minded Bo-Peep.

충분하냐고? 더요 더!
파우스트는 추기경, 교황이었고
하느님보다 더 많은 걸 알았어;
전 세계를
음속보다 더 빨리 날아다니다가
점심을 먹더군;
달 위를 걷고
골프를 치며, 홀인원을 기록하더군;
햇빛으로 아바나산 시가에 불을 붙이더군.

그런 다음 그는 감 잡았던 것을 밀고 나가더군 —
스마트폭탄과
상해를 가하는 것들에 투자하며,
파우스트는 무기 거래를 하더군.
파우스트는 깊이 관여했다가, 그만두고 나오더군.
농장을 사고,
양을 복제하고,[47]
파우스트는 같은 마음인 보-쬐프[48]를 찾아
인터넷 서핑을 하더군.

As for me,
I went my own sweet way,
saw Rome in a day,
spun gold from hay,
had a facelift,
had my breasts enlarged,
my buttocks tightened;
went to China, Thailand, Africa,
returned, enlightened.

Turned 40, celibate,
teetotal, vegan,
Buddhist, 41.
Went blonde,
redhead, brunette,
went native, ape,
berserk, bananas;
went on the run, alone;
went home.

나로 말하자면,
내 나름대로 달달하게 잘 살고 있었지,
로마를 하루에 구경하고,[49]
짚에서 황금을 자아내고,[50]
얼굴을 당겨 주름 펴는 시술을 하고,
유방 확대 수술을 하고,
엉덩이를 팽팽하게 만들고;
중국, 태국, 아프리카에 갔다가
개화되어 돌아왔어.

마흔에, 금욕,
금주, 채식,
마흔 하나에, 불교도가 됐어.
금발,
빨간색 머리, 흑갈색 머리를 했고,
원시인, 원숭이처럼 살면서,
길길이 뛰며 흥분했지;
혼자 부랴부랴 나다니다가;
집으로 갔지.

Faust was in. *A word,* he said,
I spent the night being pleasured
by a virtual Helen of Troy.
Face that launched a thousand ships.
I kissed its lips.
Thing is —
I've made a pact
with Mephistopheles,
the Devil's boy.

He's on his way
to take away
what's owed,
reap what I sowed.
For all these years of
gagging for it,
going for it,
rolling in it,
I've sold my soul.

파우스트가 집에 있더군. 그가 말했어. "한마디만,
지난 밤 가상의 '트로이의 헬렌'과
실컷 즐겼어.
일천 척의 배를 진수시킨 바로 그 얼굴.[51]
내가 그 입술에 키스했어.
문제는—
내가 악마 패거리인
메피스토펠레스와
계약을 맺었다는 거야.

그가 지금 오고 있어
내가 가진 것을
가져가려고,
내가 뿌린 것을 거둬들이려고.
성욕을 불태웠고
사생결단으로 덤벼 목적을 추구했고
돈을 엄청나게 벌어 부자가 됐던
이 모든 세월을 위해
내가 영혼을 팔아버린 거야."

At this, I heard
a serpent's hiss,
tasted evil, knew its smell,
as scaly devil hands
poked up
right through the terracotta Tuscan tiles
at Faust's bare feet
and dragged him, oddly smirking, there and then
straight down to Hell.

Oh, well.
Faust's will
left everything —
the yacht,
the several homes,
the Lear jet, the helipad,
the loot, et cet, et cet,
the lot —
to me.

이 말을 듣다가, 나는
쉭쉭거리는 뱀 소리를 들었고,
악을 맛보았고, 그 냄새를 알아차렸어.
그때 비늘로 뒤덮인 악마의 손이
파우스트의 맨발 근처
토스카나 테라코타 타일 사이 구멍에서
불쑥 나오더니
지체 없이, 희한하게 히죽거리는,
그를 지옥으로 곧장 끌고 내려가더군.

뭐, 할 수 없지.
파우스트의 유언은
모든 걸 남겨줬지—
요트,
집 몇 채,
리어 제트기,[52] 헬리콥터 이착륙장,
전리품, 등등, 등등,
전부를—
나에게.

C'est la vie.
When I got ill,
it hurt like hell.
I bought a kidney
with my credit card,
then I got well.
I keep Faust's secret still —
the clever, cunning, callous bastard
didn't have a soul to sell.

인생이 다 그렇지 뭐.
내가 병들었을 때,
지옥처럼 아프더군.
신용카드로
신장을 하나 샀더니,
곧 좋아지더군.
난 아직 파우스트의 비밀을 간직하고 있지 ─
영민하고, 약삭빠르고, 냉담하던 그 개자식에겐
애당초 팔 만한 영혼이 없었다는 것.

Delilah

Teach me, he said —
we were lying in bed —
how to care.
I nibbled the purse of his ear.
What do you mean? Tell me more.
He sat up and reached for his beer.

I can rip out the roar
from the throat of a tiger,
or gargle with fire,
or sleep one whole night in the Minotaur's lair,
or flay the bellowing fur
from a bear,
all for a dare.
There's nothing I fear.
Put your hand here —

he guided my fingers over the scar
over his heart,
a four-medal wound from the war —
but I cannot be gentle, or loving, or tender.
I have to be strong.
What is the cure?

데릴라 ⁵³

가르쳐줘, 그가 말하더군—
우리는 침대에 누워 있었어—
어떻게 해야 온화해지는지를.
나는 그의 귓바퀴를 오물오물 깨물었어.
무슨 뜻? 좀 더 말해줘봐.
그가 일어나 앉아 맥주잔으로 손을 뻗치더군.

나는 호랑이 목구멍에서 나오는
포효를 거침없이 토해내거나,
불로 입안을 헹구거나,
미노타우로스 ⁵⁴ 의 거처에서 밤새도록 자거나,
곰한테서
으르렁거리는 털가죽을 벗겨낼 수 있지,
이 모두 무모하게 그랬던 거야.
두려운 건 하나도 없어.
네 손을 여기 대봐—

그가 내 손가락을 그의 심장 위
상처 위로 끌어가더군,
네 개의 무공훈장감인 전쟁의 상처—
그렇다고 내가 상냥하거나, 사랑스럽거나, 다정할 수는 없지.
나는 강해야만 해.
무슨 치료법이 없을까?

He fucked me again
until he was sore,
then we both took a shower.
Then he lay with his head on my lap
for a darkening hour;
his voice, for a change, a soft burr
I could just about hear.
And, yes, I was sure
that he wanted to change,
my warrior.

I was there.

So when I felt him soften and sleep,
when he started, as usual, to snore,
I let him slip and slide and sprawl, handsome and huge,
on the floor.
And before I fetched and sharpened my scissors —
snipping first at the black and biblical air —
I fastened the chain to the door.

That's the how and the why and the where.

Then with deliberate, passionate hands
I cut every lock of his hair.

그는 쓰라릴 때까지
다시 내게 퍽퍽 그 짓을 해댔고,
그런 다음 우리 둘은 샤워를 했지.
그러곤 그는 어두워져가는 한 시간가량
내 무릎을 베고 누워 있었어;
나는 그의 목소리, 여느 때와 달리, 부드러운 버르르 소리를
거의 다 들을 수 있었어.
그래, 나의 투사인
그 자신이 변하고 싶어 한다는 걸
나는 확신했어.

내가 거기에 있었다니까.

그래서 그가 노곤해져 잠든 걸 느꼈을 때,
항상 그렇듯 그가 코를 골기 시작했을 때,
나는 멋지고 거대한 이 남자가 스르륵 미끄러져 내려가
바닥에 큰 대자로 드러눕게 했어.
그리고 나는 가위를 가지러 가서 날을 갈아
우선 허공에 대고 검고 성서적인 대기를 싹둑싹둑
잘라보기 전에 먼저 쇠사슬을 문에 단단히 묶어놓았어.

어떻게 했는지, 왜 그랬는지, 어디서 그랬는지. 이게 다야.

신중하고, 열의에 찬 손으로
나는 그의 머리 타래를 모조리 베어버렸지.

Anne Hathaway

'Item I gyve unto my wief my second best bed ...'
(from Shakespeare's will)

The bed we loved in was a spinning world
of forests, castles, torchlight, clifftops, seas
where he would dive for pearls. My lover's words
were shooting stars which fell to earth as kisses
on these lips; my body now a softer rhyme
to his, now echo, assonance; his touch
a verb dancing in the centre of a noun.
Some nights, I dreamed he'd written me, the bed
a page beneath his writer's hands. Romance
and drama played by touch, by scent, by taste.
In the other bed, the best, our guests dozed on,
dribbling their prose. My living laughing love —
I hold him in the casket of my widow's head
as he held me upon that next best bed.

"아내에게 주는 이 물품, 나의 두 번째로 좋은 침대…"
(셰익스피어의 유언장에서)

우리가 사랑을 나눴던 이 침대는 빙글빙글 도는 세계
숲, 총안 흉벽, 횃불, 절벽 꼭대기, 그이가 진주를 따러
잠수해 들어가곤 했던 바다를 자아내며 도는 세계. [56]
내 연인의 말은 이 입술에 떨어지는 입맞춤처럼
대지에 떨어지는 별똥별; 지금 나의 몸은 그이의 몸에 맞춘
부드러운 행 끝소리, 지금은 앞 행 마지막 음절, 모음의 반복.
그이의 손길은 명사들의 중심에서 춤을 추는 동사.
어느 밤, 나는 그이가 나를 써 내려가는 꿈을 꾸었어요.
침대는 작가인 그이의 손 아래에 놓인 종잇장. 그리고 만지고,
냄새 맡고, 맛을 보며 연기하던 로맨스와 드라마였어요.
제일 좋은, 다른 침대에서는 우리 손님들이 자기네 산문을
끄적거리며 꾸벅대고 있었어요. 살아 웃음 짓는 내 사랑—
그이가 두 번째로 좋은 침대 위에서 나를 끌어안고 있었듯이
미망인인 나는 내 머리의 궤 안에 그이를 끌어안고 있답니다. [57]

Queen Kong

I remember peeping in at his skyscraper room
and seeing him fast asleep. My little man.
I'd been in Manhattan a week,
making my plans; staying at 2 quiet hotels
in the Village, where people were used to strangers
and more or less left you alone. To this day
I'm especially fond of pastrami on rye.

I digress. As you see, this island's a paradise.
He'd arrived, my man, with a documentary team
to make a film. (There's a particular toad
that lays its eggs only here.) I found him alone
in a clearing, scooped him up in my palm,
and held his wriggling, shouting life till he calmed.
For me, it was absolutely love at first sight.

I'd been so *lonely*. Long nights in the heat
of my own pelt, rumbling an animal blues.
All right, he was small, but perfectly formed
and *gorgeous*. There were things he could do
for me with the sweet finesse of those hands
that no gorilla could. I swore in my huge heart
to follow him then to the ends of the earth.

퀸 콩 [58]

나는 그의 고층건물 방을 엿보다가
곤히 잠든 그를 봤던 걸 기억해. 조그만 내 남자,
나는 일주일 동안 맨해튼에 있으면서,
계획을 세우고; 빌리지 [59] 에 있는
조용한 두 호텔에 머물렀어, 거긴 낯선 이들에게 이골이 나서
사람들에게 별 관심을 보이지 않고 혼자 놔두는 그런 곳이었지.
아직까지 나는 '파스트라미 온 라이' [60] 를 특히 좋아해.

내가 딴소리를 했네. 잘 알다시피, 이 섬은 낙원이지.
내 남자가 영화를 찍겠다고
기록영화 팀과 함께 도착했었지. (여기서만 알을 까는
특별한 두꺼비가 있어.) 나는 그가 어느 빈터에 혼자 있는 걸
보고서, 손바닥으로 그를 움푹 퍼 담아 그가 진정할 때까지
꿈틀대며 소리지르던 그의 목숨을 유지하고 있었어.
나에게, 그건 완전히 첫눈에 반한 그런 사랑이었어.

나는 정말 외로웠어. 긴긴 밤, 내 털가죽의
열기를 느끼며, 동물의 블루스를 우물거렸어.
그래, 그가 작긴 하지만, 완벽한 모양을 갖췄고
정말 끝내주게 멋졌거든. 그가 나를 위해
그 어떤 고릴라도 할 수 없는
그 달달한 손놀림으로 내게 해줄 수 있는 것들이 있었어.
나는 나의 거대한 심장에 걸고
지구 끝까지라도 그를 따라가리라 맹세했었지.

For he wouldn't stay here. He was nervous.
I'd go to his camp each night at dusk,
crouch by the delicate tents, and wait. His colleagues
always sent him out pretty quick. He'd climb
into my open hand, sit down; and then I'd gently pick
at his shirt and his trews, peel him, put
the tip of my tongue to the grape of his flesh.

Bliss. But when he'd finished his prize-winning film,
he packed his case; hopped up and down
on my heartline, miming the flight back home
to New York. *Big metal bird.* Didn't he know
I could swat his plane from these skies like a gnat?
But I let him go, my man. I watched him fly
into the sun as I thumped at my breast, distraught.

I lasted a month. I slept for a week,
then woke to binge for a fortnight. I didn't wash.
The parrots clacked their migraine chant.
The swinging monkeys whinged. Fevered, I drank
handfuls of river right by the spot where he'd bathed.
I bled when a fat, red moon rolled on the jungle roof.
And after that, I decided to get him back.

그는 여기서 머무르려고 하지 않았어. 그는 불안해했어.
나는 매일 밤 땅거미 질 녘에 그의 캠프로 가서
그의 정교한 천막 옆에 웅크리고 앉아, 기다리곤 했어.
그의 동료들은 항상 꽤나 빨리 그를 내 보내줬어. 그는
나의 벌린 손으로 기어올라, 앉아 있곤 했어; 그러면 내가
그의 웃옷과 트루즈 바지[61]를 살살 집어, 벗겨 깐 다음,
그의 포도 속살에 내 혀끝을 갖다 댔지.

더없는 행복! 한데 그가 입상한 영화를 끝내자 가방을 싸고,
손바닥의 감정선 위에서 깡충깡충 뛰면서, 고향인 뉴욕으로
돌아가는 비행기 흉내를 내더군. 거대한 쇳덩어리 새.
그는 내가 이 하늘에서 그의 비행기를 모기처럼
탁 쳐버릴 수 있다는 걸 몰랐나봐?
하지만, 나는 내 남자, 그를 보내줬어. 나는 가슴을 쿵쿵 치면서
그가 태양을 향해 날아가는 걸 지켜봤지, 심란해하면서.

나는 한 달이나 버텼어. 나는 일주일이나 잠을 잤고
일어나 이 주일이나 흥청망청 먹고 미쳤어. 씻지도 않았어.
앵무새들은 편두통을 일으킬 만한 노래를 재잘댔어.
줄 타는 원숭이들은 징징댔지. 나는 열이 나서
그가 목욕했던 곳 바로 옆에서 강물을 한 손 가득 들이켰어.
살찐 붉은 달이 밀림의 지붕 위로 굴러갈 때 나는 피를 흘렸어.
그런 다음, 나는 그를 다시 데려오기로 마음먹었지.

So I came to sail up the Hudson one June night,
with the New York skyline a concrete rainforest
of light; and felt, lovesick and vast, the first
glimmer of hope in weeks. I was discreet, prowled
those streets in darkness, pressing my passionate eye
to a thousand windows, each with its modest peep-show
of boredom or pain, of drama, consolation, remorse.

I found him, of course. At 3 a.m. on a Sunday,
dreaming alone in his single bed; over his lovely head
a blown-up photograph of myself. I stared for a long time
till my big brown eyes grew moist; then I padded away
through Central Park, under the stars. He was mine.
Next day, I shopped. Clothes for my man, mainly,
but one or two treats for myself from Bloomingdale's.

I picked him, like a chocolate from the top layer
of a box, one Friday night, out of his room
and let him dangle in the air betwen my finger
and my thumb in a teasing, lover's way. Then we sat
on the tip of the Empire State Building, saying farewell
to the Brooklyn Bridge, to the winking yellow cabs,
to the helicopters over the river, dragonflies.

그래서 난 유월 어느 밤 뉴욕 스카이라인
콘크리트 빛의 비숲을 따라
허드슨 강을 타고 올라갔어; 상사병에 걸려 막막해하던,
나는 몇 주일 만에 첫 희망의 빛을 느꼈어. 나는 신중하게
어둠 속 거리를 찾아 헤매며, 나의 열의에 찬 눈을
수 천 개의 창문에 들이댔어. 그 하나하나엔 권태나 고통,
드라마, 위안, 회한을 담은 대단찮은 요지경 속 구경거리.

물론 나는 그를 찾았지. 일요일 새벽 세 시
확대한 내 사진을 사랑스런 자기 머리맡에 둔 채
일인용 침대에서 혼자 꿈을 꾸고 있더군. 나는 나의 큰 갈색 눈이
촉촉해질 때까지 한참 동안 지켜보고 나서; 별 아래,
센트럴파크를 통해 터벅터벅 걸어갔어. 그는 내 거야.
다음 날 나는 쇼핑을 했어. 블루밍데일스 백화점에서
주로 내 남자 옷을 샀고 내 것도 한두 가지 샀어.

어느 금요일 저녁 나는, 상자 제일 위쪽 칸에서
초콜릿을 집어 들듯, 그의 방에서 그를 집어 들어
치근대는 연인이 하듯 그를 엄지와 검지 사이
공중에 매달려 있게 했어. 그런 다음 우리는
엠파이어스테이트 빌딩 꼭대기에 앉아서
브루클린 브리지, 윙크하는 노랑 택시,
강 위로 나는 헬리콥터, 전투기에게 작별 인사를 했어.

Twelve happy years. He slept in my fur, woke early
to massage the heavy lids of my eyes. I liked that.
He liked me to gently blow on him; or scratch,
with care, the length of his back with my nail.
Then I'd ask him to play on the wooden pipes he'd made
in our first year. He'd sit, cross-legged, near my ear
for hours: his plaintive, lost tunes making me cry.

When he died, I held him all night, shaking him
like a doll, licking his face, breast, soles of his feet,
his little rod. But then, heartsore as I was, I set to work.
He would be pleased. I wear him now about my neck,
perfect, preserved, with tiny emeralds for eyes. No man
has been loved more. I'm sure that, sometimes, in his silent
        death,
against my massive, breathing lungs, he hears me roar.

십이 년간 행복하게 살았지. 그는 내 털 안에서 잠을 잤고,
아침 일찍 일어나 무거운 내 눈꺼풀을 주물러줬어. 좋았어.
그는 내가 입으로 부드럽게 불어주는 걸 좋아했어; 혹은
내가 손톱으로 조심스레 그의 등 한 가닥 긁어주는 걸 좋아했어.
그런 다음 나는 그에게 우리가 함께 지냈던 첫해에 만들었던
나무 피리를 연주해달라고 부탁하곤 했어. 그는 다리를 꼰 채
몇 시간 동안 내 귓가에 앉아 있었어. 그의 구슬프고
        갈 곳 잃은 곡조가 나를 울렸어.

그가 죽자, 나는 밤새 그를 끌어안고, 인형처럼 흔들었고,
그의 얼굴, 가슴, 발바닥, 조그만 작대기를 핥았어.
한데 그러고 나서도 나는 마음이 쓰라려, 작업을 시작했어.
그도 좋아했을 거야. 나는 지금 그를 내 목에 걸고 있어,
완벽하게, 보존 처리되고, 작은 에메랄드 눈을 하고 있는 그를.
이보다 더 많이 사랑받은 남자는 없었을 거야. 나는 확신해,
그가 죽어 가만히 있으면서, 때로 숨 쉬는 나의 거대한 허파에
기댄 채, 으르렁거리는 나의 포효하는 소릴 듣고 있다고.

Mrs Quasimodo

I'd loved them fervently since childhood.
Their generous bronze throats
gargling, or chanting slowly, calming me —
the village runt, name-called, stunted, lame, hare-lipped;
but bearing up, despite it all, sweet-tempered, good at needlework;
an ugly cliché in a field
pressing dock-leaves to her fat, stung calves
and listening to the five cool bells of evensong.
I believed that they could even make it rain.

The city suited me; my lumpy shadow
lurching on its jagged alley walls;
my small eyes black
as rained-on cobblestones.
I frightened cats.
I lived alone up seven flights,
boiled potatoes on a ring
and fried a single silver fish;
then stared across the grey lead roofs
as dusk's blue rubber rubbed them out,
and then the bells began.

콰지모도 부인 [62]

어릴 적부터 나는 그들을 열광적으로 좋아했어.
청동으로 된 그들의 관대한 목청은 가르릉거리는 소리나
느릿한 찬양 소리를 내며 나를 편안하게 했어 ─ 마을의 꼬맹이,
욕바가지, 덜떨어진 년, 절름발이, 언청이; 하지만 그럼에도,
꿋꿋함을 잃지 않고, 마음씨 곱고, 바느질 잘하던 나를.
나는 밭에서 흔히 볼 수 있는 못생긴 그저 그런 여자애,
뚱뚱하고 불어오른 종아리에 소리쟁이 잎 [63] 을 문지르고
멋진 다섯 종들이 만들어내는 저녁 기도에 귀를 기울였지.
나는 그들이 돈 비를 내리게 할 수도 있으리라 믿고 있었어.

도시는 내게 잘 맞았어; 울퉁불퉁한 골목 벽을
비틀거리며 가는 혹 달린 내 그림자;
비 맞은 자갈 같은
내 작은 까만 눈.
나를 보면 고양이들이 놀랐어.
나는 일곱 계단 위에서 혼자 살며,
종 위에 감자를 익히고
은빛 물고기 한 마리 튀기기도 했어;
그러곤 어둑한 땅거미의 푸른 지우개가 지붕 연판들을
모두 지워버릴 때 그것들을 가로질러 쳐다보았지,
그러면 종들이 울리기 시작했어.

I climbed the belltower steps,
out of breath and sweating anxiously, puce-faced,
and found the campanologists beneath their ropes.
They made a space for me,
telling their names,
and when it came to him
I felt a thump of confidence,
a recognition like a struck match in my head.
It was Christmas time.
When the others left,
he fucked me underneath the gaping, stricken bells
until I wept.

We wed.
He swung an epithalamium for me,
embossed it on the fragrant air.
Long, sexy chimes,
exuberant peals,
slow scales trailing up and down the smaller bells,
an angelus.
We had no honeymoon
but spent the week in bed.
And did I kiss
each part of him —
that horseshoe mouth,

걱정스러울 만큼 숨도 차고 땀 흘리며, 암갈색 얼굴을 한 채,
나는 종탑 계단을 올라가서,
밧줄 아래 종의 달인들을 찾았어.
그들은 내게 자리를 마련해주면서,
자기네 이름을 말해주더군,
그리고 그 사람 차례가 되자
나는 쿵쾅대는 자신감,
내 머리에 탁 켜진 성냥 같은 깨달음을 느꼈어.
크리스마스 때였어.
다른 달인들이 떠났을 때, 그는 내게
놀라 입 벌린 채 망연자실한 종들 아래서 퍽퍽 그 짓을 해댔고
나는 끝내 울음을 터뜨렸어.

우리는 결혼을 했어.
그는 나를 위해 흔들흔들 결혼 축가를 연주하여
향기로운 대기에 도드라지게 새겨 넣었어.
길고, 요염한 종소리,
풍성한 울림 소리,
작은 종들 아래위로 늘어져 끌리는 느린 음계,
삼종기도를 알리는 종.
우리는 신혼여행을 가지 못했지만
그 주 내내 잠자리에서 지냈어.
내가 그의 몸 각 부분―
저 말발굽 입술,
저 삼각뿔 코

that tetrahedron nose,
that squint left eye,
that right eye with its pirate wart,
the salty leather of that pig's hide throat,
and give his cock
a private name —
or not?

So more fool me.

We lived in the Cathedral grounds.
The bellringer.
The hunchback's wife.
(The Quasimodos. Have you met them? Gross.)
And got a life.
Our neighbours — sullen gargoyles, fallen angels, cowled saints
who raised their marble hands in greeting
as I passed along the gravel paths,
my husband's supper on a tray beneath a cloth.
But once,
one evening in the lady chapel on my own,
throughout his ringing of the seventh hour,
I kissed the cold lips of a Queen next to her King.

Something had changed,
or never been.
Soon enough
he started to find fault.
Why did I this?
How could I that?
Look at myself.

저 사팔뜨기 왼쪽 눈
저 해적 사마귀 달린 오른쪽 눈
저 돼지 목 껍데기의 짭짤한 가죽 — 에
입을 맞췄던가?
그리고 그의 고추에
우리끼리 쓰는 별칭을 붙였던가 —
아닌가?

나는 어찌 그리 어리석었던지.

우리는 성당 경내에서 살았어.
종치기.
곱사등이의 아내.
("너희는 콰지모도 부부를 만나본 적 있어? 엽기적이야.")
흥미진진하게 살았지.
내가 자갈길을 따라 지나갈 때
반가이 맞으며 대리석 손을 치켜드는 우리의 이웃들 —
뚱한 괴물 석상들, 타락한 천사들, 두건 쓴 성자들,
보자기 아래 식판엔 내 남편의 저녁 식사.
그런데 한번은,
어느 저녁 그가 일곱 시를 알리는 종을 치는 동안
나는 나만의 성모성당에서
왕 옆에 있는 여왕의 차가운 입술에 입을 맞췄어.

뭔가 변했어,
아니 변한 적이 없었나.
그 즉시
그가 흠을 잡기 시작하더군.
내가 왜 이걸 했는지?
내가 어떻게 그런 걸 할 수 있는지?
나 자신을 보라더군.

And in that summer's dregs,
I'd see him
watch the pin-up gypsy
posing with the tourists in the square;
then turn his discontented, mulish eye on me
with no more love than stone.

I should have known.
Because it's better, isn't it, to be well formed.
Better to be slim, be slight,
your slender neck quoted between two thumbs;
and beautiful, with creamy skin,
and tumbling auburn hair,
those devastating eyes;
and have each lovely foot
held in a bigger hand
and kissed;
then be watched till morning as you sleep,
so perfect, vulnerable and young
you hurt his blood.

And given sanctuary.

But not betrayed.
Not driven to an ecstasy of loathing of yourself:
banging your ugly head against a wall,
gaping in the mirror at your heavy dugs,
your thighs of lard,
your mottled upper arms;
thumping your belly —
look at it —

그 여름 끝물에 나는 그가
광장에서 여행객들과 함께 폼 잡고 사진 찍던
핀업 사진에 나올 만한 미모의 집시[64]를 쳐다보고 나서는
불만에 찬 고집 센 노새 같은 눈을
돌처럼 아무 사랑도 없이
내게 돌리던 걸 봤어.

내가 알았어야 했어.
왜냐하면, 그렇잖아, 맵시 있는 게 더 낫겠지.
호리호리하고, 가냘프고, 목은 따옴표 같은 양쪽 엄지 사이에
쏙 들어갈 정도로 가느다란 게 더 낫겠지;
크림처럼 매끄럽고 보드라운 피부,
휘말리며 늘어진 적갈색 머리,
저런 압도적인 눈을 지녀서 아름다운 게 더 낫겠지;
어느 더 커다란 손에 놓여
입맞춤 세례를 받는
사랑스런 작은 발을 지니는 게 더 낫겠지;
그러곤 네가 자는 동안 아침까지 쳐다보이는 게 더 낫겠지,
그토록 완벽하고, 연약하고, 젊디젊어
네가 그의 피를 쓰라리게 하는 게 더 낫겠지.

성소에 피난처가 주어지는 게 더 낫겠지.

하지만 배신은 당하지 않는 게 더 낫겠지. 너 자신을
지독히 싫어하는 지경으로 이끌려 가지는 않는 게 더 낫겠지:
너의 추한 머리를 벽에 처박고,
거울에 비친 너의 무거운 젖퉁이
너의 기름 낀 허벅지
너의 불긋불긋한 팔뚝에 입을 떡 벌리고,
너의 배를 퍽퍽 때려—
저것 봐— 너의 내장이

your wobbling gut.
You pig. You stupid cow. You fucking buffalo.
Abortion. Cripple. Spastic. Mongol. Ape.

Where did it end?
A ladder. Heavy tools. A steady hand.
And me, alone all night up there,
bent on revenge.
He had pet names for them.
Marie.
The belfry trembled when she spoke for him.
I climbed inside her with my claw-hammer,
my pliers, my saw, my clamp;
and, though it took an agonizing hour,
ripped out her brazen tongue
and let it fall.
Then Josephine,
his second-favourite bell,
kept open her astonished, golden lips
and let me in.
The bells. The bells.
I made them mute.
No more arpeggios or scales, no stretti, trills
for christenings, weddings, great occasions, happy days.
No more practising
for bellringers
on smudgy autumn nights.
No clarity of sound, divine, articulate,
to purify the air
and bow the heads of drinkers in the city bars.
No single

흔들리는 지경으로 이끌려 가지는 않는 게 더 낫겠지.
"너 이 돼지. 너 이 멍청한 젖소. 너 이 우라질 물소.
사산아. 다리병신, 지랄병 환자, 몽골증 환자. 유인원."

어디가 끝이었지?
사다리. 무거운 연장들. 단호한 손.
나는 밤새도록 혼자 저 위에서
복수에 혈안이 되어 있었어,
그가 그들에게 애칭을 붙여주었더군.
마리.
그녀가 그를 대변할 때 그 종탑이 흔들렸어.
나는 내 장도리, 내 펜치, 내 톱, 내 쥠쇠를 가지고
그녀 속으로 기어 올라갔어;
고통스레 한 시간이 걸렸지만
그녀의 청동 혀를 떼어내
떨어뜨려버렸지.
그다음엔, 그가 두 번째로 좋아하던 종
조세핀이
그녀의 깜짝 놀란, 황금빛 입술을 열어젖히자
내가 들어갈 수 있었어.
이 종들, 저 종들.
난 그들을 먹통으로 만들었지.
세례식, 결혼식, 주요 행사, 기쁜 날 들을 위한
펼침화음, 음계, 성부 겹침, 떤꾸밈음은 더 이상 없었어.
번진 듯 선명치 않은 가을밤에
종치기들의
활동은 없었어.
대기를 순화하고
도시 술집 술꾼들의 머리를 조아리게 하던
성스럽고, 분명한, 그 어떤 명징한 소리도 없었어.
슬픔에

solemn
funeral note
to answer
grief.

I sawed and pulled and hacked.
I wanted silence back.

Get this:

When I was done,
and bloody to the wrist,
I squatted down among the murdered music of the bells
and pissed.

응답하는
단 하나의
엄숙한
장송곡도 없었지.

나는 톱으로 썰고, 잡아당기고, 난도질했어.
나는 고요함을 돌려받고 싶었어.

잘 들어:

나는 손목까지 피투성이가 된 채
일을 다 끝내고는,
살해당해 음악이 사라진 그 종들 사이에 쪼그리고 앉아
오줌을 갈겼지.

Medusa

A suspicion, a doubt, a jealousy
grew in my mind,
which turned the hairs on my head to filthy snakes,
as though my thoughts
hissed and spat on my scalp.

My bride's breath soured, stank
in the grey bags of my lungs.
I'm foul mouthed now, foul tongued,
yellow fanged.
There are bullet tears in my eyes.
Are you terrified?

Be terrified.
It's you I love,
perfect man, Greek God, my own;
but I know you'll go, betray me, stray
from home.
So better by far for me if you were stone.

메두사 65

의심, 불신, 질투가
내 마음속에서 자라더니,
내 머리 위 머리카락을 추악한 뱀들로 만들었어,
마치 내 생각들이
쉭쉭 소리를 내며 내 머리 가죽에 퉤퉤 침을 뱉는 듯했지.

신부인 나의 숨결은 시큼했고,
내 폐의 잿빛 자루에서 악취를 풍겼어.
나는 더러운 입, 더러운 혀
누런 독니를 가지고 있지.
내 눈엔 총알 눈물이 있지.
너 두려워?

두려워해.
내가 사랑한 건 너
완벽한 남자, 그리스 신, 내 것;
한데 난 네가 가버리고, 배신하고, 집에서
벗어나리라는 걸 알지.
그러니 네가 돌이 되는 게 훨씬 더 낫겠어.

I glanced at a buzzing bee,
a dull grey pebble fell
to the ground.
I glanced at a singing bird,
a handful of dusty gravel
spattered down.

I looked at a ginger cat,
a housebrick
shattered a bowl of milk.
I looked at a snuffling pig,
a boulder rolled
in a heap of shit.

I stared in the mirror.
Love gone bad
showed me a Gorgon.
I stared at a dragon.
Fire spewed
from the mouth of a mountain.

내가 붕붕대는 벌을 흘긋 봤더니,
굼뜬 잿빛 조약돌이
땅에 떨어지더군.
내가 노래하는 새를 흘긋 봤더니,
한 줌의 먼지 낀 자갈이
후두두 떨어지더군.

내가 연한 적갈색 고양이를 쳐다봤더니,
벽돌이 떨어져
우유병을 박살내더군.
내가 꿀꿀대는 돼지를 쳐다봤더니
바위가 뚝 떨어져
똥 더미에서 구르더군.

나는 거울을 노려봤어.
글러버린 사랑 때문에
나에게 고르곤을 비춰 보이더군.
나는 용을 노려봤어.
산의 분화구에서
화염이 분출되더군.

And here you come
with a shield for a heart
and a sword for a tongue
and your girls, your girls.
Wasn't I beautiful?
Wasn't I fragrant and young?

Look at me now.

여기 네가 오고 있네.
심장을 방패 삼아
혀를 칼 삼아
그리고 네 여자애들, 네 여자애들을 데리고.
나도 한땐 아름답지 않았어?
나도 한땐 향기롭고 젊지 않았어?

이제 나를 봐.

The Devil's Wife

1. Dirt

The Devil was one of the men at work.
Different. Fancied himself. Looked at the girls
in the office as though they were dirt. Didn't flirt.
Didn't speak. Was sarcastic and rude if he did.
I'd stare him out, chewing my gum, insolent, dumb.
I'd lie on my bed at home, on fire for him.

I scowled and pouted and sneered. I gave
as good as I got till he asked me out. In his car
he put two fags in his mouth and lit them both.
He bit my breast. His language was foul. He entered me.
We're the same, he said, That's it. I swooned in my soul.
We drove to the woods and he made me bury a doll.

I went mad for the sex. I won't repeat what we did.
We gave up going to work. It was either the woods
or looking at playgrounds, fairgrounds. Coloured lights
in the rain. I'd walk around on my own. He tailed.
I felt like this: Tongue of stone. Two black slates
for eyes. Thumped wound of a mouth. Nobody's Mam.

그 악마의 아내 66

1. 하찮은 먼지

그 악마는 직장 동료 중 한 사람이었어. 달랐지, 아주
잘난 줄 알고 있었고, 사무실 여자애들을 하찮은 먼지인 양
쳐다봤어. 추파를 던지지도 않았고. 말을 건네지도 않았어.
건넸다 해도, 비아냥거리며 무례했을 거야. 나는 껌을 씹으며,
당돌하게, 그를 노려보았고, 아무 말도 안 했어. 나는 집에서
침대에 누워, 그를 향한 불꽃으로 후끈 달아오르곤 했지.

나는 오만상을 찌푸리고, 씰룩거리고, 깔보듯 빈정댔어. 그가
내게 데이트 신청을 할 때까지 나는 당한 만큼 갚아줬지. 그가
자기 차에서 싸구려 담배 두 개비를 물고 불을 붙이더군. 그가
내 젖가슴을 깨물더군. 그의 말은 추잡했어. 그가 내게 쑥
들어오더군. 우리는 같은 부류야, 바로 그거야, 그가 그러더군.
나는 완전 뻑 갔어. 우리는 숲으로 차를 몰고 갔고,
    그가 나더러 인형을 파묻게 하더군.

나는 섹스에 미쳐갔어. 나는 우리가 했던 걸 되풀이하지
않을 거야. 우리는 직장을 그만뒀어. 숲, 아니면
놀이터나 장터를 살펴봤어. 비 내릴 때의 색 전등들.
나는 혼자서 주위를 돌아다녔어. 그가 꽁무니를 쫓아왔어.
이런 느낌이었어: 돌로 된 혀. 두 개의 흑색점판암 눈.
퍽 얻어맞은 상처 난 입. 어느 누구의 엄마도 아닌.

2. Medusa

I flew in my chains over the wood where we'd buried
the doll. I know it was me who was there.
I know I carried the spade. I know I was covered in mud.
But I cannot remember how or when or precisely where.

Nobody liked my hair. Nobody liked how I spoke.
He held my heart in his fist and he squeezed it dry.
I gave the cameras my Medusa stare.
I heard the judge summing up. I didn't care.

I was left to rot. I was locked up, double-locked.
I know they chucked the key. It was nowt to me.
I wrote to him every day in our private code.
I thought in twelve, fifteen, we'd be out on the open road.

But life, they said, means life. Dying inside.
The Devil was evil, mad, but I was the Devil's wife
which made me worse. I howled in my cell.
If the Devil was gone then how could this be hell?

2. 메두사

나는 사슬에 묶인 채 우리가 그 인형을 묻었던 숲으로 날아갔지.
나는 거기에 있던 게 나라는 걸 알고 있어. 나는 내가 삽을
나른 걸 알고 있어. 나는 내가 흙으로 뒤범벅이 된 걸 알고 있지.
근데 나는 어떻게, 언제, 정확히 어딘지 기억할 수가 없어.

아무도 내 머리카락을 좋아하지 않았어. 아무도 내가 말하는
　　　방식을 좋아하지 않았어.
그는 내 심장을 주먹으로 쥐고 쥐어짜서 말려버렸어.
나는 내 메두사의 눈으로 사진기들을 빤히 쳐다보았어.
나는 판사가 사건의 요지를 설명하는 걸 들었어. 신경 안 썼어.

나는 감옥에 방치되었어. 나는 감금, 이중으로 감금되어 있었어.
나는 그들이 열쇠를 내던져버린 걸 알아. 내겐 아무것도 아니야.
나는 매일 우리들만 아는 암호로 그에게 편지를 썼어.
나는 우리가 십이 년, 십오 년 안에 탁 트인 길 밖에 나가
　　　있으리라 생각했었어.

한데, 그러더군, 종신형이라고. 감방 안에서 죽어가는 것.
그 악마는 악하고, 미쳤지만, 나는 그 악마의 아내,
이게 나를 더 나쁘게 만들었어. 난 내 감방에서 울부짖었어.
만약 그 악마가 가버렸다면, 어찌 여기가 지옥일 수 있지?

3. Bible

I said No not me I didn't I couldn't I wouldn't.
Can't remember no idea not in the room.
Get me a Bible honestly promise you swear.
I never not in a million years it was him.

I said Send me a lawyer a vicar a priest.
Send me a TV crew send me a journalist.
Can't remember not in the room. Send me
a shrink where's my MP send him to me.

I said Not fair not right not on not true
not like that. Didn't see didn't know didn't hear.
Maybe this maybe that not sure not certain maybe.
Can't remember no idea it was him it was him.

Can't remember no idea not in the room.
No idea can't remember not in the room.

3. 성경

내가 말했잖아, 난 아니야 내가 아니라고 내가 안 했어 할 수도
    하려고도 안 했다고.
기억할 수 없어 모르겠다고 그 방엔 없었어.
내게 성경을 갖다줘 정직하게 약속하지 당신한테 맹세해.
나는 진짜로 절대 아니야 그 사람이라고.

내가 말했잖아, 내게 변호사 목사 사제를 보내달라고.
내게 텔레비전 촬영 팀을 보내줘 내게 기자를 보내줘.
기억할 수 없어 그 방엔 없었어. 내게 정신과 의사를 보내줘
내 하원 의원[67]은 어디에 있는 거야 그를 내게 보내달라고.

내가 말했잖아, 공정치도 옳지도 당치도 않아 진실이 아니야
그렇지 않다고. 보지도 알지도 듣지도 못했어. 아마도
이럴 거야 아마도 저럴 거야 확실치 않고 분명치 않아 아마도.
기억할 수 없어 모르겠다고 그 사람이야 그 사람이라고.

기억할 수 없어 모르겠다고 그 방엔 없었어.
모르겠다고 기억할 수 없어 그 방엔 없었어.

4. Night

In the long fifty-year night,
these are the words that crawl out of the wall:
Suffer. Monster. Burn in Hell.

When morning comes,
I will finally tell.

Amen.

4. 밤

기나긴 오십 년간의 밤
벽에서 기어 나왔어 이런 단어들이:
고통을 겪어봐. 괴물. 지옥에서 타버려.

아침이 오면,
끝내 내가 말해야겠어.

아멘.

5. Appeal

If I'd been stoned to death
If I'd been hung by the neck
If I'd been shaved and strapped to the Chair
If an injection
If my peroxide head on the block
If my outstretched hands for the chop
If my tongue torn out at the root
If from ear to ear my throat
If a bullet a hammer a knife
If life means life means life means life

But what did I do to us all, to myself
When I was the Devil's wife?

5. 호소

만약 내가 만약 돌에 맞아 죽는다면
만약 내가 만약 교수형을 당한다면
만약 내가 만약 머리털 깎인 채 전기의자에 묶인다면
만약 약물 주사
만약 단두대 위 과산화수소로 표백된 내 머리,
만약 잘리도록 내뻗쳐진 내 손,
만약 뿌리까지 쥐어뜯길 내 혀
만약 크게 벌린 입안의 내 목구멍
만약 총알 망치 칼
만약 종신형은 종신형은 종신형은 종신형은

한데 내가 그 악마의 아내였을 때
내가 우리 모두에게, 내 자신에게 무슨 짓을 했던 거지?

Circe

I'm fond, nereids and nymphs, unlike some, of the pig,
of the tusker, the snout, the boar and the swine.
One way or another, all pigs have been mine —
under my thumb, the bristling, salty skin of their backs,
in my nostrils here, their yobby, porky colognes.
I'm familiar with hogs and runts, their percussion of oinks
and grunts, their squeals. I've stood with a pail of swill
at dusk, at the creaky gate of the sty,
tasting the sweaty, spicy air, the moon
like a lemon popped in the mouth of the sky.
But I want to begin with a recipe from abroad

which uses the cheek — and the tongue in cheek
at that. Lay two pig's cheeks, with the tongue,
in a dish, and strew it well over with salt
and cloves. Remember the skills of the tongue —
to lick, to lap, to loosen, lubricate, to lie
in the soft pouch of the face — and how each pig's face
was uniquely itself, as many handsome as plain,
the cowardly face, the brave, the comical, noble,
sly or wise, the cruel, the kind, but all of them,
nymphs, with those piggy eyes. Season with mace.

키르케 ⁶⁸

네레이드님들과 님프님들,⁶⁹ 저는 다른 사람들과 달리 돼지,
큰 엄니 산돼지, 큰 코 돼지, 거세 안 한 수퇘지, 멧돼지를
좋아해요. 어떻게든, 모든 돼지들은 제 것이 되었어요—
제 엄지 아래에서 꼼짝 못하는 ⁷⁰ 그들 등짝 부위의 뻣뻣한
　　　털이 난, 짭짤한 가죽,
제 콧구멍 속 여기엔, 그들의 격하게 역한, 돼지고기 향내.
저는 거세한 살찐 수퇘지와 왜소한 돼지, 그들의 꿀꿀 툴툴대는
타악기 소리, 끽끽대는 그들의 소리에 익숙해요. 저는 땅거미 질 때
삐걱거리는 돼지우리 문짝에 돼지 사료 한 통 들고 서서
땀에 젖은, 양념 맛 강한 대기와
하늘 입에 톡 튀어 든 레몬 같은 달을 맛봤어요.
하지만 저는 해외에서 들여온 조리법으로 시작할까 해요

볼을—그것도 볼 속의 혀를.⁷¹
쓰는 조리법이죠. 돼지의 양 볼을 혀와 함께
접시에 두고, 거기에 소금과 정향을
잘 뿌려주세요. 얼굴의 부드러운 턱 주머니 속에서
빨고, 핥고, 지껄이고, 매수하고, 거짓말하는 혀의 기술을
기억하세요—그리고 어떻게 돼지 얼굴 하나하나가 그토록
독특한지, 수수한 얼굴만큼 수많은 잘생긴 얼굴,
비겁한 얼굴, 용감한 얼굴, 우스운 얼굴, 고귀한 얼굴,
교활하거나 현명한 얼굴, 잔인한 얼굴, 친절한 얼굴, 하지만
님프님들, 그들 모두 돼지 눈을 하고 있다는 걸 기억하세요.
　　　메이스로 양념해주세요.

Well-cleaned pig's ears should be blanched, singed, tossed
in a pot, boiled, kept hot, scraped, served, garnished
with thyme. Look at that simmering lug, at that ear,
did it listen, ever, to you, to your prayers and rhymes,
to the chimes of your voice, singing and clear? Mash
the potatoes, nymph, open the beer. Now to the brains,
to the trotters, shoulders, chops, to the sweetmeats slipped
from the slit, bulging, vulnerable bag of the balls.
When the heart of a pig has hardened, dice it small.

Dice it small. I, too, once knelt on this shining shore
watching the tall ships sail from the burning sun
like myths; slipped off my dress to wade,
breast-deep, in the sea, waving and calling;
then plunged, then swam on my back, looking up
as three black ships sighed in the shallow waves.
Of course, I was younger then. And hoping for men. Now,
let us baste that sizzling pig on the spit once again.

잘 씻은 돼지 귀는 데쳐서, 털을 그슬리고, 냄비에
버무리고, 끓이고, 뜨겁게 해서, 찢어발겨, 타임을 곁들여
내놔야 해요. 부글부글 끓고 있는 저 귓불, 저 귀 좀 보세요,
저 귀가 정녕 여러분의 소리, 여러분의 기도와 시
여러분의 노래하는 청아한 목소리의 울림을 듣던가요?
님프님들, 감자를 으깨고 맥주를 따세요. 이젠 뇌,
족발, 어깨, 갈빗살, 갈라진 틈새에서
삐져나온 맛있는 고기, 불룩한, 취약한 불알 자루로 가보죠.
돼지 심장이 굳어지면, 작게 깍둑썰기를 하세요.

작게 깍둑썰기를 하세요. 한때는 저도 이 빛나는 해안가에서
무릎 꿇고 활활 타는 태양에서 항해해 오던 커다란 배들을
지켜봤었죠, 신화에서처럼; 옷을 벗고, 바닷물이 가슴에 차오를
때까지, 헤치고 나가, 손을 흔들며 소리 질렀죠; 그러곤
세 척의 검은 배가 얕은 물에서 탄식하고 있을 때 몸을 던져,
배영으로 수영하며, 위로 올려다보았지요. 물론, 그때는
저도 젊었어요. 남자들을 바라기도 했지요. 자 이젠,
꼬치에 꿰여 지글대는 저 돼지에 양념장을 한 번 더 발라보지요.

Mrs Lazarus

I had grieved. I had wept for a night and a day
over my loss, ripped the cloth I was married in
from my breasts, howled, shrieked, clawed
at the burial stones till my hands bled, retched
his name over and over again, dead, dead.

Gone home. Gutted the place. Slept in a single cot,
widow, one empty glove, white femur
in the dust, half. Stuffed dark suits
into black bags, shuffled in a dead man's shoes,
noosed the double knot of a tie round my bare neck,

gaunt nun in the mirror, touching herself. I learnt
the Stations of Bereavement, the icon of my face
in each bleak frame; but all those months
he was going away from me, dwindling
to the shrunk size of a snapshot, going,

going. Till his name was no longer a certain spell
for his face. The last hair on his head
floated out from a book. His scent went from the house.
The will was read. See, he was vanishing
to the small zero held by the gold of my ring.

나사로 부인 [72]

나는 너무 슬펐었어. 나는 내가 잃은 것에 대한 상실감으로
하루 밤낮을 울었었고, 결혼할 때 입었었던 옷을 가슴에서
찢어내 버렸었고, 울부짖었었고, 소리쳤었고, 손에서 피가
날 때까지 손톱으로 비석을 긁었었고, 웩웩거리며 토해내듯
죽은, 죽어버린 그의 이름을 토해내듯 부르고 또 불렀었지.

집으로 왔었어. 집 안을 다 부숴버렸었어. 일인용 침대에서
잤었어, 과부, 텅 빈 한쪽 장갑, 먼지 속 허연 대퇴골, 반쪽.
어두운 짙은 색 양복을 검정색 가방에 가득 넣었었고, 죽은
남자의 신발을 아무렇게나 신은 채 질질 끌고 다녔었고, 이중
매듭을 한 넥타이로 나의 맨 목 주위에 올가미를 씌웠었지,

거울 속 수척한 수녀, 자신을 어루만졌었지. 나는
사별의 길 [73] 그 하나하나의 쓸쓸한 처소 안에 나의 초상이
있다는 걸 알았어. 하지만 수개월 만에
그가 나에게서 떠나버렸어, 스냅사진 크기로
쪼그라들어 축소되며, 사라져갔지,

사라져갔어. 결국 그의 이름은 더 이상 그의 얼굴을 일깨워주는
어떤 주문이 아니었어. 그의 마지막 머리카락이
책에서 흘러나가 버렸어. 그의 냄새가 집에서 사라졌어.
유언장이 읽혀졌어. 봐, 그는 내 금반지 모양인
작은 영(0)으로 사라져가고 있었지.

Then he was gone. Then he was legend, language;
my arm on the arm of the schoolteacher — the shock
of a man's strength under the sleeve of his coat —
along the hedgerows. But I was faithful
for as long as it took. Until he was memory.

So I could stand that evening in the field
in a shawl of fine air, healed, able
to watch the edge of the moon occur to the sky
and a hare thump from a hedge; then notice
the village men running towards me, shouting,

behind them the women and children, barking dogs,
and I knew. I knew by the sly light
on the blacksmith's face, the shrill eyes
of the barmaid, the sudden hands bearing me
into the hot tang of the crowd parting before me.

He lived. I saw the horror on his face.
I heard his mother's crazy song. I breathed
his stench; my bridegroom in his rotting shroud,
moist and dishevelled from the grave's slack chew,
croaking his cuckold name, disinherited, out of his time.

그러곤 가버렸어. 그러곤 그는 전설이, 언어가 되어버렸어;
늘어선 산울타리를 따라가던 중 나의 팔은 학교 선생님의 팔에
얹혀 있었어 — 외투 소맷자락 아래 한 남자의 힘이 주는 충격.
그렇지만 나는 할 수 있는 한 오래도록 충실했어.
그가 기억이 되어버릴 때까지는.

그래서 나는 그날 저녁 들판에 서서,
어깨 가득 상쾌한 공기를 쐬며, 치유된 채,
하늘에 떠오르는 달의 끝자락
울타리에서 통통거리는 산토끼를 쳐다볼 수 있었어; 그때
마을 남자들이 나를 향해 달려오며, 소리치더군,

그들 뒤에는 아낙네들과 아이들, 짖어대는 개들,
그리고 나는 알았어. 대장장이의 얼굴 위
교활한 빛, 술집 여자의 날카로운 눈빛
내 앞에서 갈라지던 열나게 싸한 군중들 속으로
나를 데려간 그 느닷없던 손길로 나는 알았지.

그가 살아났어. 나는 그의 얼굴에 드리운 공포를 봤어.
나는 시어머니의 미친 듯한 노랫소리를 들었어.
나는 그의 악취를 맡았어. 무덤이 꾸물꾸물 갉아먹어,
축축하고 너덜너덜한, 썩어가는 수의를 입은 나의 신랑,
오쟁이 진 자기 이름을 깍깍거리고 있었지, 박탈당한 채,
        제시간이 다 지났는데도.

Pygmalion's Bride

Cold, I was, like snow, like ivory.
I thought *He will not touch me,*
but he did.

He kissed my stone-cool lips.
I lay still
as though I'd died.
He stayed.
He thumbed my marbled eyes.

He spoke —
blunt endearments, what he'd do and how.
His words were terrible.
My ears were sculpture,
stone-deaf, shells.
I heard the sea.
I drowned him out.
I heard him shout.

피그말리온의 신부 74

나는, 눈처럼, 상아처럼, 차가웠어.
나는 '그가 나를 만지지 않을 거야'라고 생각했는데,
그가 나를 만지더군.

그가 나의 차가운 돌 입술에 입을 맞추더군.
나는 죽은 듯
가만히 있었지.
그가 그대로 있더군.
그가 엄지로 나의 대리석 눈을 만지더군.

그가 말하더군 ─
무뚝뚝하게 애무하는 말로, 자기가 무엇을 어떻게 할지를.
그의 말은 끔찍했어.
내 귀는 조각품
돌이라 완전히 귀먹은, 조가비.
나는 바다 소리를 들었어.
나는 그의 소리가 안 들리는 듯 무시했어.
나는 그가 소리 지르는 걸 늘였어.

He brought me presents, polished pebbles,
little bells.
I didn't blink,
was dumb.
He brought me pearls and necklaces and rings.
He called them *girly things*.
He ran his clammy hands along my limbs.
I didn't shrink,
played statue, shtum.

He let his fingers sink into my flesh,
he squeezed, he pressed.
I would not bruise.
He looked for marks,
for purple hearts,
for inky stars, for smudgy clues.
His nails were claws.
I showed no scratch, no scrape, no scar.
He propped me up on pillows,
jawed all night.
My heart was ice, was glass.
His voice was gravel, hoarse.
He talked white black.

그가 나에게 선물, 윤이 나는 조약돌,
자그마한 종을 주더군.
나는 눈을 깜박이지 않았고,
벙어리가 되어 아무 말도 하지 않았어.
그가 나에게 진주와 목걸이와 반지를 가져다주더군.
그는 그것들을 소녀틱한 것들이라 하더라고.
그가 내 사지를 따라 끈적거리는 자기 손을 움직이더군.
나는 움츠리지 않았어,
동상 놀이를 하며, 묵묵부답.

그가 자기 손가락들을 내 살에 찔러 넣더군.
그는 꽉 쥐고, 압박을 가하더군.
나는 멍들지 않으려 했어.
그는 자국들,
보라색 심장들,
잉크 빛 별들, 얼룩덜룩한 단서들을 찾더군.
그의 손톱은 동물 발톱. 나는
긁힌 자국, 벗겨진 자국, 상처 난 자국 하나도 보이지 않았어.
그는 나를 베개로 받쳐 괴어놓고
밤새도록 턱주가리를 움직이며 주절거리더군.
내 심장은 얼음, 유리.
그의 목소리는 거슬렸고 거칠었어.
그는 흰 걸 검다고 우겨대더군.

So I changed tack,
grew warm, like candle wax,
kissed back,
was soft, was pliable,
began to moan,
got hot, got wild,
arched, coiled, writhed,
begged for his child,
and at the climax
screamed my head off —
all an act.

And haven't seen him since.
Simple as that.

그래서 나는 방침을 바꿔,
양초처럼, 따뜻해졌고,
되받아 입을 맞췄고,
부드럽고, 나긋나긋해졌고,
신음하기 시작했고,
달아오르고, 거칠어졌고,
온몸을 아치 모양으로 휘고, 휘감고, 비틀었고,
그의 아이를 낳고 싶다 구걸했고,
절정에 이르러
목이 터져라 비명을 질러댔어—
이 모든 건 연기였지.

그 이후로 그를 보지 못했어.
그렇게나 간단한 건데 말이야.

Mrs Rip Van Winkle

I sank like a stone
into the still, deep waters of late middle age,
aching from head to foot.

I took up food
and gave up exercise.
It did me good.

And while he slept
I found some hobbies for myself.
Painting. Seeing the sights I'd always dreamed about:

The Leaning Tower.
The Pyramids. The Taj Mahal.
I made a little watercolour of them all.

But what was best,
what hands-down beat the rest,
was saying a none-too-fond farewell to sex.

Until the day
I came home with this pastel of Niagara
and he was sitting up in bed rattling Viagra.

나는 돌처럼 중장년기의
조용한, 깊은 물속으로 가라앉았어,
머리끝부터 발끝까지 온몸이 다 아팠지.

음식에 관심을 가지기 시작했고
그놈의 운동은 관뒀어.
도움이 되더군.

그리고 그가 자는 동안,
나는 스스로 취미를 몇 가지 찾았어.
그림 그리기, 항상 꿈꿔왔던 명소 구경하기:

피사의 기운 탑.
피라미드. 타지마할.
나는 이 모든 걸 자그마한 수채화로 그렸어.

한데 제일 좋은 건
단연코 다른 무엇보다 제일 좋은 건
그다지 별 애정 없이 섹스에 작별을 고한 것이었어.

그날까지는
나이아가라 폭포의 파스텔화를 그려 내가 집에 왔더니
바이아그라를 달그락거리며 그가 침대에서 일어나 앉아 있던.

Mrs Icarus

I'm not the first or the last
to stand on a hillock,
watching the man she married
prove to the world
he's a total, utter, absolute, Grade A pillock.

이카로스 부인 76

나는 자신이 결혼한 남자가
전적으로, 철저하게, 절대적으로, 최상급 멍청이임을
그 스스로 세상에 입증하는 것을
작은 언덕 위에 올라서서 지켜본
처음 여자도 마지막 여자도 아니야.

Frau Freud

Ladies, for argument's sake, let us say
that I've seen my fair share of ding-a-ling, member and jock,
of todger and nudger and percy and cock, of tackle,
of three-for-a-bob, of willy and winky; in fact,
you could say, I'm as au fait with Hunt-the-Salami
as Ms M. Lewinsky — equally sick up to here
with the beef bayonet, the pork sword, the saveloy,
love-muscle, night-crawler, dong, the dick, prick,
dipstick and wick, the rammer, the slammer, the rupert,
the shlong. Don't get me wrong, I've no axe to grind
with the snake in the trousers, the wife's best friend,
the weapon, the python — I suppose what I mean is,
ladies, dear ladies, the average penis — not pretty ...
the squint of its envious solitary eye ... one's feeling of pity ...

프로이트 부인 ⁷⁷

숙녀 여러분, 가령, 이렇게 말해보지요,
제가 지금껏 딸랑이 고추, 남근과 양근,
옥근과 옥경과 남경과 양경, 양물,
잠지, 자지와 좆을 볼 만큼 봐왔다고; 사실, 어쩌면,
이렇게도 말해보실 수 있습니다, 제가 M. 르윈스키 ⁷⁸ 양만큼
살라미 소시지 사냥에 능숙하다고 ─ 그만큼
소고기 총검, 돼지고기 검, 새벌로이 소시지,
애정 근육, 밤에 기는 지렁이, 울리는 놈, 찾는 놈, 찌르는 놈,
재는 놈, 쑤시는 놈, 박는 놈, 치는 놈, 누구나의 멋진 놈,
엄청 큰 놈은 이제 신물 난다고. 오해하지는 말아주세요.
바지 속 그 뱀, 아내의 절친, 그 무기, 그 이무기에게 아무
불만도 없답니다 ─ 그러니까 제가 하려는 말은, 숙녀 여러분,
친애하는 숙녀 여러분, 보통 음경은 ─ 예쁘지 않다는 것입니다…
가늘게 뜬 채 선망하는 그 고독한 눈… 연민의 감정을
　　　　자아낸다는 것입니다… ⁷⁹

Salome

I'd done it before
(and doubtless I'll do it again,
sooner or later)
woke up with a head on the pillow beside me — whose? —
what did it matter?
Good-looking, of course, dark hair, rather matted;
the reddish beard several shades lighter;
with very deep lines round the eyes,
from pain, I'd guess, maybe laughter;
and a beautiful crimson mouth that obviously knew
how to flatter ...
which I kissed ...
Colder than pewter.
Strange. What was his name? Peter?

Simon? Andrew? John? I knew I'd feel better
for tea, dry toast, no butter,
so rang for the maid.
And, indeed, her innocent clatter
of cups and plates,
her clearing of clutter,
her regional patter,
were just what needed —
hungover and wrecked as I was from a night on the batter.

살로메 [80]

나는 전에도 그걸 했어

(그리고 틀림없이 조만간,

또다시 그걸 할 거야)

내 옆 베개 위 어떤 머리와 함께 일어났지 — 누구 거냐고? —

그게 뭔 상관이야?

물론, 잘생긴 얼굴, 헝클어진 검은 머리카락;

그 검은색보다 몇 단계 더 밝은 불그스름한 턱수염;

고통 때문인지, 짐작컨대, 아마도 웃음 때문인지,

눈 주위의 아주 깊은 주름들;

그리고 어떻게 알랑거리는지를 빤히 아는…

내가 입을 맞췄던…

_{퓨터}
백랍 [81] 보다 더 차가운

아름다운 진홍색 입술.

_{피터}
베드로? 이상하네. 그의 이름이 뭐였더라?

시몬? 안드레? 요한? [82] 나는 차, 버터 안 바른

구운 빵이면 내 기분이 좀 좋아지리라는 걸 알고

종을 쳐서 하녀를 불렀어.

그런데, 정말로, 하녀의

천진난만하게 달그락거리는 컵과 접시 소리

그녀의 어수선한 잡동사니 치우는 소리

그녀의 지방 색 있는 재잘거리는 소리가

바로 내게 필요한 것이었어 —

지난밤에 진탕 퍼마셔 숙취로 만신창이가 된 상태에서는. [83]

Never again!
I needed to clean up my act,
get fitter,
cut out the booze and the fags and the sex.
Yes. And as for the latter,
it was time to turf out the blighter,
the beater or biter,
who'd come like a lamb to the slaughter
to Salome's bed.

In the mirror, I saw my eyes glitter.
I flung back the sticky red sheets,
and there, like I said — and ain't life a bitch —
was his head on a platter.

다시는 이러지 말아야지!
나는 내 나쁜 행실을 고치고
몸매를 더 잘 가다듬고
폭음과 싸구려 담배와 섹스를 삼갈 필요가 있었어.
맞아. 후자와 관련해서,
도살당하러 오는 양처럼
살로메의 침실로 향하던
그 성가신 놈
쳐대는 놈, 물어뜯는 놈을 내쫓아버려야 할 때였어.

거울에서, 나는 내 눈이 번쩍거리는 걸 봤어.
나는 끈적끈적 들러붙는 붉은색 홑이불을 뒤로 당겨 젖혔어,
그랬더니 거기에, 내가 말했듯 ─ 이런 빌어먹을 년의 인생 ─
접시 위에 그놈 머리가 있는 거야.

Eurydice

Girls, I was dead and down
in the Underworld, a shade,
a shadow of my former self, nowhen.
It was a place where language stopped,
a black full stop, a black hole
where words had to come to an end.
And end they did there,
last words,
famous or not.
It suited me down to the ground.

So imagine me there,
unavailable,
out of this world,
then picture my face in that place
of Eternal Repose,
in the one place you'd think a girl would be safe
from the kind of a man
who follows her round
writing poems,
hovers about
while she reads them,
calls her His Muse,
and once sulked for a night and a day
because she remarked on his weakness for abstract nouns.

에우리디케 [84]

소녀 여러분, 나는 죽어서
지하 세계로 내려갔어, 망령,
내 이전 자아의 그림자, 무-시간.
그곳은 언어가 멈췄던 세계,
말이 끝나야만 했던
검은 마침표, 블랙홀. [85]
유명하든 아니든
최후의 말은
거기서 끝났지.
그게 나에겐 안성맞춤.

그러니 가볼 수도 없고,
속세와 달리 아주 훌륭한,
그곳에 있는 나를 상상해봐,
그 영원한 안식의
장소에 있는 나의 얼굴을 그려봐,
어떤 한 소녀가
자기를 따라다니며
시를 쓰는 남자,
그 시를 읽는 동안
자기 주변을 맴도는 남자,
자기를 그의 시의 여신 뮤즈라 부르는 남자,
한번은 그에게 추상명사라면 쪽을 못 쓴다는 말 한마디 했다고
하루 밤낮을 부루퉁했던, 그런 부류의 남자들로부터 벗어나
그 소녀에게 안전하리라 생각되는 장소에 있는 내 얼굴을 그려봐.

Just picture my face
when I heard —
Ye Gods —
a familiar knock-knock-knock at Death's door.

Him.
Big O.
Larger than life.
With his lyre
and a poem to pitch, with me as the prize.

Things were different back then.
For the men, verse-wise,
Big O was the boy. Legendary.
The blurb on the back of his books claimed
that animals,
aardvark to zebra,
flocked to his side when he sang,
fish leapt in their shoals
at the sound of his voice,
even the mute, sullen stones at his feet
wept wee, silver tears.

Bollocks. (I'd done all the typing myself,
I should know.)
And given my time all over again,
rest assured that I'd rather speak for myself
than be Dearest, Beloved, Dark Lady, White Goddess, etc., etc.

In fact, girls, I'd rather be dead.

내가 죽음의 문을 똑-똑-똑 두드리는 그 익숙한 소리를
들었을 때—
맙소사—
그때의 내 얼굴을 그려봐.

그 남자.
커다란 오(O).
실물보다 더 큰.[86]
자기 수금과
한판 들려줄 시를 가지고, 게다가 상으로 나를 데려갈.

그 옛날엔 상황이 달랐어.
사람들에게, 시와 관련해선,
큰 오(O)가 바로 그 소년 신동이었어. 전설적이었지.
그의 책 뒷면 표지 광고 문구가 주장한 바,
그가 노래할 땐
땅돼지에서 얼룩말에 이르는
동물들이 그에게로 떼 지어 몰려갔고
그의 목소리에
물고기들이 여울목에서 뛰어올랐고,
그의 발밑에 있던 말 없는 무뚝뚝한 돌들도
조그마한, 은빛 눈물을 흘렸다더군.

소불알 끼는 헛소리. (나는 알 수밖에 없지,
그 모두 내가 타자기로 쳤으니.)
나에게 다시 시간이 주어진다면, 나는
친애하는 그대, 사랑스런 그대, 검은 여인, 순백의 여신
등등이 되기보다는 내 생각을 직접 말하리라고 확신해.

소녀 여러분, 사실, 나는 차라리 죽어 있는 게 나아.

But the Gods are like publishers,
usually male,
and what you doubtless know of my tale
is the deal.

Orpheus strutted his stuff.

The bloodless ghosts were in tears.
Sisyphus sat on his rock for the first time in years.
Tantalus was permitted a couple of beers.
The woman in question could scarcely believe her ears.

Like it or not,
I must follow him back to our life —
Eurydice, Orpheus' wife —
to be trapped in his images, metaphors, similes,
octaves and sextets, quatrains and couplets,
elegies, limericks, villanelles,
histories, myths ...

He'd been told that he mustn't look back
or turn round,
but walk steadily upwards,
myself right behind him,

한데 신들은 출판업자들 같아,
대개는 남자고,
아무 의심 없이 너희가 알고 있는 내 이야기가
거래의 조건.

오르페우스가 기량을 뽐내며 으스댔지.

피도 눈물도 없는 유령들이 눈물을 흘리더군.
시시포스[87]는 몇 년 만에 처음으로 굴리던 돌 위에 앉더군.
탄탈로스[88]는 맥주 두어 잔 허락받았더군.
문제의 이 여자는 자기 귀를 거의 믿을 수 없었지.

좋든 싫든 간에,
나는 그를 따라 우리의 삶—
에우리디케, 오르페우스의 아내—로 되돌아가야만 했고
그러면 그의 이미지, 비유, 직유,
8행 연구와 6행 연구, 4행 연구와 2행 연구,
비가, 5행 소요, 19행 2운체 시,
역사들, 신화들… 의 덫에 걸려들 수밖에 없었어.

그는 뒤돌아보거나
뒤돌아서지 말고,
나를 바로 뒤에 데리고,
지하 세계를 벗어나

out of the Underworld
into the upper air that for me was the past.
He'd been warned
that one look would lose me
for ever and ever.

So we walked, we walked.
Nobody talked.

Girls, forget what you've read.
It happened like this —
I did everything in my power
to make him look back.
What did I have to do, I said,
to make him see we were through?
I was dead. Deceased.
I was Resting in Peace. Passé. Late.
Past my sell-by date ...
I stretched out my hand
to touch him once
on the back of his neck.
Please let me stay.
But already the light had saddened from purple to grey.

It was an uphill schlep
from death to life
and with every step
I willed him to turn.
I was thinking of filching the poem
out of his cloak,
when inspiration finally struck.

나에겐 과거였던 상층의 대기를 향해
위로 꾸준히 걸어가야만 한다는 당부를 들었었어.
그는 한 번이라도 보면
언제까지나 영원히 나를 잃게 되리라는
경고를 받았었어.

그래서 우리는 걷고, 또 걸었지.
서로 아무 말 없이.

소녀 여러분, 그대들이 읽었던 건 다 잊어.
일은 이렇게 벌어졌던 거야─
나는 내 온 힘을 다해서
그를 돌아보게 만들려고 했어.
우리가 서로 끝장났다는 걸 그에게 알려주려고
내가 무슨 일을 해야만 했을까? 내 스스로 물었어.
나는 죽은 거야. 사망한 거라고.
나는 편히 잠들어 있는 거야. 갔다고. 고인이 되었다고.
내 유통기한이 지난 거라고…
나는 한번
그의 목 뒷덜미를 만지려고
내 손을 내뻗었어.
"제발 나를 그냥 여기 있게 해줘."
하지만 이미 빛이 자줏빛에서 잿빛으로 칙칙하게 변해갔어.

죽음에서 삶으로
마지못해 발을 질질 끌며 오르는 지루한 여행이었고,
발걸음을 뗄 때마다
나는 기어코 그를 돌아서게 하려고 했어.
나는 마침내 영감이 떠올랐을 때
그의 망토에서
시를 슬쩍 훔칠 생각을 하고 있었어.

I stopped, thrilled.
He was a yard in front.
My voice shook when I spoke —
Orpheus, your poem's a masterpiece.
I'd love to hear it again ...

He was smiling modestly
when he turned,
when he turned and he looked at me.

What else?
I noticed he hadn't shaved.
I waved once and was gone.

The dead are so talented.
The living walk by the edge of a vast lake
near the wise, drowned silence of the dead.

나는 멈춰 섰어, 짜릿했지.
그는 일 야드 앞에 있었어.
나는 떨리는 목소리로 말했어—
"오르페우스, 당신 시는 걸작이야.
정말 다시 듣고 싶어…"

그는 점잖게 웃고 있었어,
뒤돌아섰을 때,
뒤돌아서서 나를 봤을 때.

또 어떤 일이 있었냐고?
나는 그가 면도를 하지 않았었다는 걸 알아챘어.
나는 손을 한 번 흔들고 사라져갔지.

죽은 자는 정말 유능해.
살아 있는 자는 죽은 자의 현명한, 침잠한 침묵 근처
거대한 호수[89] 가장자리를 걸어 다니지.

The Kray Sisters

There go the twins! geezers would say
when we walked down the frog and toad
in our Savile Row whistle and flutes, tailored
to flatter our thr'penny bits, which were big,
like our East End hearts. No one could tell us apart,
except when one twin wore glasses or shades
over two of our four mince pies. Oh, London, London,
London Town, made for a girl and her double
to swagger around; or be driven at speed
in the back of an Austin Princess, black,
up West to a club; to order up bubbly, the best,
in a bucket of ice. Garland singing that night. Nice.

Childhood. When we were God Forbids, we lived
with our grandmother — God Rest Her Soul — a tough
        suffragette
who'd knocked out a Grand National horse, name of
Ballytown Boy, with one punch, in front of the King,
for the cause. She was known round our manor thereafter
as Cannonball Vi. By the time we were six,
we were sat at her skirts, inhaling the juniper fumes
of her Vera Lynn; hearing the stories of Emmeline's Army
before and after the '14 war. Diamond ladies,
they were, those birds who fought for the Vote, salt

크레이 자매 [90]

우리가 이스트 엔드 사람들의 마음 [91] 처럼,
커다란, 우리의 젖가슴 [92] 을 돋보이게 하도록 지은,
새빌 로 정장 [93] 을 입고
길 [94] 을 걸어 내려갔을 때.
"저기 그 쌍둥이가 간다!"고 녀석들이 말하곤 했어,
쌍둥이 중 하나가 네 눈 중 두 눈 [95] 에
안경이나 색안경을 쓰지 않고는
아무도 우리를 구별할 수 없었어. 오, 런던, 런던,
어느 한 소녀와 똑같은 또 한 소녀가 뻐기며 활보하거나,
검은색 오스틴 프린세스 [96] 뒷자리에 앉아
웨스트 엔드 [97] 의 클럽을 향해 전속력으로 내달려 가,
얼음 통에 담긴 최고급 샴페인을 주문하는 게
가능한 런던 타운. 갈랜드 [98] 가 그날 밤 노래했어. 좋았어.

어린 시절. 태어나지 말아야 했던 아이였을 적에,
우리는 할머니와 함께 살았어 — 저승에서는 평안하시기를 —
격렬한 여성참정권론자였던 할머니는 대의명분을 위해,
왕 앞에서, 대장애물 경마에 참가한 벨리타운 보이라는 말을
한 방에 나가떨어지게 했지. 그 후로 그녀는 우리 영지에서
캐논볼 바이로 알려졌어. [99] 여섯 살 무렵에,
우리는 할머니 치맛자락에 둘러앉아,
할머니가 좋아하던 베라 린 [100] 의 향나무 향기를 들이마셨고;
'14년 전쟁 전과 후의 에멀린 군대 [101] 이야기를 들었어. 그들은
전설적인 여성들, [102] 참정권을 위해 싸운 젊은 여자들, 지상의

of the earth. And maybe this marked us for ever,
because of the loss of our mother, who died giving birth

to the pair of unusual us. Straight up, we knew,
even then, what we wanted to be; had, you could say,
a vocation. We wanted respect for the way
we entered a bar, or handled a car, or shrivelled
a hard-on with simply a menacing look, a threatening word
in a hairy ear, a knee in the orchestra stalls. Belles
of the balls. Queens of the Smoke. We dreamed it all,
trudging for miles, holding the hand of the past, learning
the map of the city under our feet; clocking the boozers,
back alleys, mews, the churches and bridges, the parks,
the Underground stations, the grand hotels where Vita and
    Violet,
pin-ups of ours, had given it wallop. We stared from Hungerford
    Bridge
as the lights of London tarted up the old Thames. All right,

we made our mistakes in those early years. We were soft
when we should have been hard; enrolled a few girls
in the firm who were well out of order — two of them
getting Engaged; a third sneaking back up the Mile End Road
every night to be some plonker's wife. Rule Number One —
A boyfriend's for Christmas, not just for life.
But we learned — and our twenty-first birthday saw us installed
in the first of our clubs, Ballbreakers, just off
Evering Road. The word got around and about
that any woman in trouble could come to the Krays,
no questions asked, for Protection. We'd soon earned the clout
and the dosh and respect for a move, Piccadilly way,

소금이었어. 아마도 이것이 우리에게 영원한 인상을 남겼나봐,
엄마가 유별난 우리 쌍둥이를 낳다가 돌아가셨기 때문이겠지.

정말이지, 그때도, 우리는, 우리가 무엇이 되고 싶은지 알고
있었어; 우리에게 소명이 있었다고 말할 수도 있겠네. 우리는
우리가 주점에 들어가거나, 자동차를 다루거나, 그냥 위협적인
표정으로, 털북숭이 귀에 대고 협박하는 말로, 불알을 가격하는
무릎[103]만으로도 딱딱하게 발기한 성기를 쪼그라들게 만드는
방식이 존중되기를 원했어. 무도회의 가장 아름답고 매력적인
미녀들. 자욱한 런던의 여왕들.[104] 우리는 그 모든 걸 꿈꾸며,
수 마일을 터벅터벅 걸어 다녔고, 과거와 손을 맞잡았고,
우리 발아래 있는 도시의 지도를 배워 익혔어; 술집들,
뒷골목들, 한때 마구간이었던 집들, 교회들과 교각들, 공원들,
지하철역들, 우리의 핀업 사진[105] 속 비타와 바이올렛[106]이
떠들썩하게 돌아다녔던 호화로운 호텔들을 측정해두기도 했지,
런던의 불빛이 옛 템스 강을 요란하게 치장할 때
우리는 헝거포드 브리지에서 쳐다보고 있었어. 그래,

우리는 초창기에 실수도 많이 했어. 굳건해야만 했었을 때
우리가 너무 안이했어; 부적당한 여자애들 몇 명을 회사에
들어오게 했어―그들 중 둘이 약혼을 하더군; 세 번째 애는
어느 얼뜨기 고추 단 놈의 아내가 되려고 마일 엔드 로드로
매일 밤 몰래 빠져 나가더군. 규칙 제1번―남자 친구는
크리스마스를 위한 거지, 그저 삶을 위한 게 아니라는 것.[107]
하지만 우리는 배웠어―그러곤 스물한 살 생일에 우리는
에버링 로드를 나서자마자 있는 볼브레이커스,[108] 우리의
첫 번째 클럽에 있었어. 어려움에 처한 여자[109]는 누구든
보호받기 위해, 그 어떤 질문도 받지 않고, 크레이 자매에게
갈 수 있다는 소문이 이리저리 돌았어.[110] 우리는 금방 영향력과
상당한 돈과 존경을 얻었어. 피커딜리[111]에 있는 더 품격 있는

to a classier gaff — to the club at the heart of our legend,
Prickteasers. We admit, bang to rights, that the fruits
of feminism — fact — made us rich, feared, famous,
friends of the stars. Have a good butcher's at these —
there we for ever are in glamorous black-and-white,
assertively staring out next to Germaine, Bardot,
Twiggy and Lulu, Dusty and Yoko, Bassey, Babs,
Sandy, Diana Dors. And London was safer then
on account of us. Look at the letters we get —
Dear Twins, them were the Good Old Days when you ruled
the streets. There was none of this mugging old ladies
or touching young girls. We hear what's being said.

Remember us at our peak, in our prime, dressed to kill
and swaggering in to our club, stroke of twelve,
the evening we'd leaned on Sinatra to sing for free.
There was always a bit of a buzz when we entered, stopping
at favoured tables, giving a nod or a wink, buying someone
a drink, lighting a fag, lending an ear. That particular night
something electric, trembling, blue, crackled the air. Leave us
        both there,
spotlit, strong, at the top of our world, with Sinatra drawling
        And here's
a song for the twins, then opening her beautiful throat to take

집 — 우리 전설의 중심에 있는 클럽, 프릭티저스[112] 로
옮겨갈 수 있을 만큼. 우리는, 증거가 확실한데, 페미니즘의
결실이 — 사실 — 우리를 부유하게, 두려워하게, 유명하게,
스타들의 친구로 만들었다는 걸 인정해. 이걸 잘 보라고 — [113]
저기 우리는 언제나 멋들어진 흑백 화면에 등장하여,
저메인, 바르도, 트위기와 룰루, 더스티와 요코,
배시, 뱁스, 샌디, 다이애나 도스[114] 곁에서
단호하게 쏘아보고 있잖아. 그리고 그 당시엔 우리 때문에
런던이 더 안전했지. 우리가 받은 편지를 봐 —
"친애하는 쌍둥이님, 당신들이 거리를 지배했을 땐 정말 좋은
시절이었어요, 나이든 부인네를 이처럼 습격하거나 어린
소녀들을 만지거나 하는 일은 없었지요." 사람들이 그러더군.

기억해줘, 최고일 때, 한창일 때의 우리를, 죽여주는 옷차림으로
우리 클럽으로 뻐기며 활보해 들어갔고, 열두 시,
시나트라[115] 에게 공짜로 노래해달라고 했던 저녁, 그런 시절의
우리를. 우리가 들어가서, 인기 있는 테이블에 멈춰서, 목을
끄덕이거나 윙크를 하고, 누군가에게 술 한잔 사고, 싸구려
담배에 불을 붙이고, 귀를 기울이면, 항상 야단이 났지. 바로
그날 밤 자극적이고, 떨리고, 파란 무엇인가가 공기를 가르며
탁탁거렸어. 우리 둘을 그곳, 우리 세상의 꼭대기에서
각광받으며 강인했던 그곳에 있게 해줘, 시나트라[116] 와 함께,
그녀가 느릿느릿 — "쌍둥이 자매를 위한 노래입니다" — 라고
말하고서는 아름다운 목청을 열어 노래하기 시작하던 그곳에.

it away. *These boots are made for walking, and that's just what they'll do. One of these days these boots are gonna walk all over you. Are you ready, boots? Start walkin' ...*

"이 부츠들은 걷도록 만들어진 것, 걷는 게 그들이 할 일.
 머지않아 이 부츠들이 마음대로 너희를 다룰 거야.
 준비됐나, 부츠들? 걸어가 볼까나…"

Elvis's Twin Sister

Are you lonesome tonight?
Do you miss me tonight?

Elvis is alive and she's female:
Madonna

In the convent, y'all,
I tend the gardens,
watch things grow,
pray for the immortal soul
of rock 'n' roll.

They call me
Sister Presley here.
The Reverend Mother
digs the way I move my hips
just like my brother.

Gregorian chant
drifts out across the herbs,
Pascha nostrum immolatus est ...
I wear a simple habit,
darkish hues,

엘비스의 쌍둥이 누이 [117]

오늘밤 그대 외로운가요?
오늘밤 그대 내가 그리운가요?

엘비스는 살아 있고 그녀는 여자랍니다
— 마돈나

욜 여러분, [118] 수녀원에서
저는 정원을 가꾸면서
온갖 것들이 자라는 걸 보고
로큰롤의
불멸의 영혼을 위해 기도합니다.

여기서 사람들은 저를
프레슬리 자매라고 부릅니다.
원장 수녀님께서는
제가 제 오빠와 똑같이
엉덩이를 흔드는 방법을 무척 좋아하신답니다.

그레고리오 성가가
약초들 사이로 흘러나오고
어린 양께서 우리를 위해 희생하시고…
저는 거무스름한
수수한 수녀복,

a wimple with a novice-sewn
lace band, a rosary,
a chain of keys,
a pair of good and sturdy
blue suede shoes.

I think of it
as Graceland here,
a land of grace.
It puts my trademark slow lopsided smile
back on my face.

Lawdy.
I'm alive and well.
Long time since I walked
down Lonely Street
towards Heartbreak Hotel.

수련 수녀가 꿰맨
레이스 장식 달린
두건, 묵주,
열쇠 다발,
질 좋고 튼튼한
블루 스웨이드 슈즈[119]를 착용하고 있습니다.

저는 여기
이곳을 그레이스랜드,
랜드 오브 그레이스[120]라 생각합니다.
그러면 입꼬리 한쪽이 천천히 더 올라가는 저의 특징인 미소가
제 얼굴에 다시 나타납니다.

로디.
저는 살아서 잘 지내고 있습니다.
제가 하트브레이크 호텔을 향해
론리 스트리트로
걸어 내려갔던 것도 꽤 오래되었네요.[121]

Pope Joan

After I learned to transubstantiate
unleavened bread
into the sacred host

and swung the burning frankincense
till blue-green snakes of smoke
coiled round the hem of my robe

and swayed through those fervent crowds,
high up in a papal chair,
blessing and blessing the air,

nearer to heaven
than cardinals, archbishops, bishops, priests,
being Vicar of Rome,

having made the Vatican my home,
like the best of men,
in nomine patris et filii et spiritus sancti amen,

but twice as virtuous as them,
I came to believe
that I did not believe a word,

교황 요안나 ¹²²

내가 누룩 없는 빵을
성체성사의 빵으로
성스럽게 변화시키는 걸 배우고

뱀처럼 구불구불한 청록색 연기가
내 사제복 가두리 주위로 똬리를 틀 때까지
타는 유향을 흔들고

높디높은 교황의 좌석에서,
그 열렬한 군중들 사이를 지나며,
대기를 축복하고 또 축복하면서 흔들거리고,

추기경, 대주교, 주교, 사제보다
천국에 더 가까이 가고,
로마의 대목(代牧)이 되어,

최고의 남자처럼,
바티칸을 나의 집으로 만들었지만,
성부와 성자와 성령의 이름으로 아멘,

그들보다 두 배나 더 유덕하게 된 후에,
나는 한마디도 믿지 않았다는 걸
믿게 되었으니,

so I tell you now,
daughters or brides of the Lord,
that the closest I felt

to the power of God
was the sense of a hand
lifting me, flinging me down,

lifting me, flinging me down,
as my baby pushed out
from between my legs

where I lay in the road
in my miracle,
not a man or a pope at all.

주님의 딸들과 신부들이여,
그래서 내가 지금 그대들에게 말하노니
내가 느끼기에 하느님의 권능에

가장 가까이 있었던 것은
남자나 교황이 아닌
나의 기적 속에서

내가 길에 누운 채
내 다리 사이에서
내 아기가 밀려 나올 때

나를 들어 올렸다가, 아래로 내던지고
들어 올렸다가, 아래로 내던지던
어느 손의 촉감이었답니다.

Penelope

At first, I looked along the road
hoping to see him saunter home
among the olive trees,
a whistle for the dog
who mourned him with his warm head on my knees.
Six months of this
and then I noticed that whole days had passed
without my noticing.
I sorted cloth and scissors, needle, thread,

thinking to amuse myself,
but found a lifetime's industry instead.
I sewed a girl
under a single star — cross-stitch, silver silk —
running after childhood's bouncing ball.
I chose between three greens for the grass;
a smoky pink, a shadow's grey
to show a snapdragon gargling a bee.
I threaded walnut brown for a tree,

처음엔, 올리브 나무 사이로,
내 무릎에 따뜻한 자기 머리를 대고 그를 애도하던
개를 부르는 호각소리 사이로,
그가 어슬렁어슬렁 집으로 돌아오는 걸 보고 싶어
나는 길을 내다봤어.
이렇게 육 개월
그런 다음, 나는 그 모든 나날들이
부지불식간에 지나가버렸다는 걸 알아차렸어.
나는 천과 가위, 바늘, 실을 골라 모아

스스로 즐겁게 살려고 생각했는데
오히려 일생의 산업을 찾았던 거야.
나는—은색 비단, 십자수로—
홀로 별 [124] 아래 한 소녀가
어린 시절 통통 튀는 공을 쫓아가는 수를 놓았어.
나는 풀을 나타내기 위해 세 가지 초록색 실을 택했어;
벌을 입에 넣고 꿀렁거리는 금어초를 보여주려고
어두운 분홍색 실을, 어둑한 회색 실을 택했어.
나는 나무를 나타내기 위해 호두 갈색 실을 꿰었고,

my thimble like an acorn
pushing up through umber soil.
Beneath the shade
I wrapped a maiden in a deep embrace
with heroism's boy
and lost myself completely
in a wild embroidery of love, lust, loss, lessons learnt;
then watched him sail away
into the loose gold stitching of the sun.

And when the others came to take his place,
disturb my peace,
I played for time.
I wore a widow's face, kept my head down,
did my work by day, at night unpicked it.
I knew which hour of the dark the moon
would start to fray,
I stitched it.
Grey threads and brown

도토리 같은 내 골무가
암갈색 땅을 통해 밀고 올라갔어.
나는 뜨개질 코를 잡아 감싸가며
그 나무 그늘 아래에 대단히 용맹한 영웅
소년과 꼭 껴안고 있는 한 소녀를 떠 넣었고,
사랑, 욕정, 상실, 체득한 교훈을 거칠게 수놓는 데
완전히 몰두했고;
그러곤 느슨하게 금빛으로 떠 넣은 태양을 향해
그가 항해해 가는 걸 지켜보았어.

그리고 다른 자들이 그의 자리를 차지해서
나의 평화를 어지럽히게 되자,
나는 교묘하게 시간을 벌었어.
나는 과부 얼굴을 하고, 고개를 숙여 세간의 눈을 피하고,
낮에는 바늘땀을 떼는 내 일을 하고, 밤에는 풀었어.
나는 어느 어두운 시간에
달이 닳아 해지기 시작할지를 알고서,
그것을 떠 넣었어.
회색 실과 갈색 실이

pursued my needle's leaping fish
to form a river that would never reach the sea.
I tricked it. I was picking out
the smile of a woman at the centre
of this world, self-contained, absorbed, content,
most certainly not waiting,
when I heard a far-too-late familiar tread outside the door.
I licked my scarlet thread
and aimed it surely at the middle of the needle's eye once more.

물고기처럼 뛰어오르는 내 바늘을 뒤쫓았어
결코 바다에 다다르지 않을 강을 형상화하기 위해서.
내가 묘책을 썼지. 나는
자족하고, 몰두하고, 만족하면서,
분명 기다리지 않는,
한 여자의 미소를
이 세계의 중심에다 장식해 넣었지,
문밖에서 너무나 늦게 온 그 익숙한 발걸음 소리를 들었을 때.
나는 나의 주홍색 실에 침을 발라
다시 한번 확실하게 그 실을 바늘귀 중앙에 겨냥했었지.

Mrs Beast

These myths going round, these legends, fairytales,
I'll put them straight; so when you stare
into my face — Helen's face, Cleopatra's,
Queen of Sheba's, Juliet's — then, deeper,
gaze into my eyes — Nefertiti's, Mona Lisa's,
Garbo's eyes — think again. The Little Mermaid slit
her shining, silver tail in two, rubbed salt
into that stinking wound, got up and walked,
in agony, in fishnet tights, stood up and smiled, waltzed,
all for a Prince, a pretty boy, a charming one
who'd dump her in the end, chuck her, throw her overboard.
I could have told her — look, love, I should know,
they're bastards when they're Princes.
What you want to do is find yourself a Beast. The sex

is better. Myself, I came to the House of the Beast
no longer a girl, knowing my own mind,
my own gold stashed in the bank,
my own black horse at the gates
ready to carry me off at one wrong word,
one false move, one dirty look.
But the Beast fell to his knees at the door
to kiss my glove with his mongrel lips — good —
showed by the tears in his bloodshot eyes

야수 부인 [125]

돌아다니는 이런 신화들, 이런 전설들, 동화들,
내가 바로잡아야겠어; 그러니 너희가
내 얼굴 — 헬렌, 클레오파트라, 시바의 여왕,
줄리엣 [126] 의 얼굴 — 을 쳐다볼 때, 그리고, 좀 더 깊이,
내 눈 — 네페르티티, [127] 모나리자, 가르보의 눈 — 을
응시할 때, 다시 생각해봐. 인어 공주는 자신의
반짝이는 은빛 꼬리를 둘로 찢어, 악취 나는 그 상처에
소금을 문질러 바르고, 일어나 걸었고, 고통스럽게,
망사 스타킹을 입고, 일어서서 미소 지으며, 왈츠를 췄지,
이 모든 건 결국 그녀를 내다버리고, 내팽개치고, 배에서
내던져버릴 어느 왕자, 예쁜, 매력적인 소년을 위한 것. [128]
내가 그녀에게 말해줄 수 있었는데 — 얘야, 봐, 내가 잘 아는데,
그들은 왕자일 때 개자식들이라고.
너희가 바랄 건 스스로 야수를 찾는 거야. 섹스가

더 낫지. 나로 말하자면, 나는 야수의 저택에 갔었고
더 이상 소녀가 아니었어, 내 자신의 마음,
은행에 잘 숨겨진 내 자신의 금,
한 번이라도 그의 잘못된 말 한마디, 그릇된 행동,
기분 나쁜 눈길이 나타나면 나를 멀리 데리고 갈 준비가 된
내 자신의 검은 말이 대문 앞에 있는 걸 알고 있었지.
한데 야수가 문 앞에서 무릎을 꿇고선
그의 잡종 입으로 내 장갑에 입을 맞추더군 — 좋더군 —
그가 자신이 축복받을 걸 잘 안다고

that he knew he was blessed — better —
didn't try to conceal his erection,
size of a mule's — best. And the Beast
watched me open, decant and quaff
a bottle of Château Margaux '54,
the year of my birth, before he lifted a paw.

I'll tell you more. Stripped of his muslin shirt
and his corduroys, he steamed in his pelt,
ugly as sin. He had the grunts, the groans, the yelps,
the breath of a goat. I had the language, girls.
The lady says Do this. Harder. The lady says
Do that. Faster. The lady says That's not where I meant.
At last it all made sense. The pig in my bed
was *invited*. And if his snout and trotters fouled
my damask sheets, why, then, he'd wash them. Twice.
Meantime, here was his horrid leather tongue
to scour in between my toes. Here
were his hooked and yellowy claws to pick my nose,
if I wanted that. Or to scratch my back
till it bled. Here was his bullock's head
to sing off-key all night where I couldn't hear.
Here was a bit of him like a horse, a ram,
an ape, a wolf, a dog, a donkey, dragon, dinosaur.

충혈된 눈에 고인 눈물로 보여주더군 — 더 좋더군 —
노새 자지만 하게 발기한 걸
감추려 하지 않더군 — 제일 좋았어. 야수는,
발톱을 들어올리기 전에, 내가
태어났던 오십사 년산 샤토 마고 와인 병을 따서
유리 용기에 옮겨 붓고 벌컥벌컥 마시는 걸 지켜보더군.

내가 너희에게 좀 더 말해주지. 그의 모슬린 셔츠와
코르덴 바지가 벗겨진 채, 죄처럼 추하게도, 그의 생가죽에선
김이 났어. 그는 툴툴대고, 끙끙대고, 캥캥대는
염소 소리를 냈어. 소녀들, 나는 말로 다 시켰어.
부인께서 말했지, 이거 해봐. 더 세게. 부인께서 말했어,
저거 해봐. 더 빨리. 부인께서 말했어, 거기가 아니란 말이야.
마침내 말귀를 다 알아먹더군. 내 침대 속 그 돼지 내가
초대한 거였어. 그의 삐죽한 코와 뛰어다니는 발이 다마스크 129
침대보를 더럽혔다면, 뭐, 그러면, 그가 빨면 되지 뭐. 두 번.
그사이에, 여기 내 발가락 사이를 문질러 닦는
그의 진저리 나는 가죽 혓바닥. 여기
내가 원할 때 내 코를 후벼주거나,
피가 날 때까지 내 등을 긁어주는, 그의 갈고리 모양으로 굽은
누르스름한 발톱. 여기 내가 들을 수 없는 곳에서
밤새도록 음 이탈한 노래를 부르는 그의 대가리.
말, 거세 전 양, 원숭이, 늑대, 개, 노새, 용, 공룡,
이런 걸 조금씩 가진 자.

Need I say more? On my Poker nights, the Beast
kept out of sight. We were a hard school, tough as fuck,
all of us beautiful and rich — the Woman
who Married a Minotaur, Goldilocks, the Bride
of the Bearded Lesbian, Frau Yellow Dwarf, et Moi.
I watched those wonderful women shuffle and deal —
Five and Seven Card Stud, Sidewinder, Hold 'Em, Draw —
I watched them bet and raise and call. One night,
a head-to-head between Frau Yellow Dwarf and Bearded's Bride
was over the biggest pot I'd seen in my puff.
The Frau had the Queen of Clubs on the baize
and Bearded the Queen of Spades. Final card. Queen each.
Frau Yellow raised. Bearded raised. Goldilocks' eyes
were glued to the pot as though porridge bubbled there.
The Minotaur's wife lit a stinking cheroot. Me,
I noticed the Frau's hand shook as she placed her chips.
Bearded raised her a final time, then stared,
stared so hard you felt your dress would melt
if she blinked. I held my breath. Frau Yellow
swallowed hard, then called. Sure enough, Bearded flipped
her Aces over; diamonds, hearts, the pubic Ace of Spades.
And that was a lesson learnt by all of us —
the drop-dead gorgeous Bride of the Bearded Lesbian didn't
        bluff.

더 말할 필요가? 내가 포커를 치던 날, 야수는
보이지 않았어. 우리는 존나 기가 센 무리였어,
우린 모두 아름답고 부자였어 ─ 미노타우로스[130]와
결혼했던 여자, 골디락스,[131] 턱수염 난 레즈비언의 신부,
노란 난쟁이 부인,[132] 그리고 나. 나는 이 굉장한 여자들이
카드를 섞어 패를 돌리는 걸 쳐다봤어 ─ 파이브 카드 스터드,
세븐 카드 스터드, 사이드와인더, 홀덤, 드로우 ─[133]
나는 그들이 처음 판돈을 걸고 올리고 받는 걸 봤어. 어느 날 밤
노란 난쟁이 부인과 턱수염 난 신부 사이의 일대일 대결은
내 평생 본 가장 큰 판돈을 넘어선 포커였어. 그 부인에겐
녹색 베이즈판 위 클로버 퀸 수염 난 신부에겐 스페이드 퀸.
마지막 카드. 각자 퀸. 노란 부인이 판돈을 올렸어.
턱수염도 올렸어. 골디락스의 눈은 죽이 부글부글 끓고 있는
단지를 보듯 거기 걸어놓은 돈에 들러붙었어.[134]
미노타우로스의 아내는 냄새 고약한 궐련에 불을 붙였어. 나,
나는 그 부인의 손이 칩을 걸 때 떨리는 걸 눈치챘지.
턱수염이 마지막으로 판돈을 올리고 나서 쏘아봤는데,
어찌나 세게 쏘아보던지 그녀가 눈을 깜빡이면 너희 옷이 다
녹아내릴 정도였다니까. 나는 숨을 죽였어. 노란 부인은 침을
꿀꺽 삼키더니, 받았어. 아니나 다를까, 턱수염은 에이스들을
뒤집었지; 다이아몬드들, 하트들, 음부처럼 생긴 스페이드
에이스. 우리 모두가 배운 교훈 ─ 턱수염 레즈비언의
뿅 가게 할 정도로 멋진 신부가 뻥카를 치지는 않았다는 것.

But behind each player stood a line of ghosts
unable to win. Eve. Ashputtel. Marilyn Monroe.
Rapunzel slashing wildly at her hair.
Bessie Smith unloved and down and out.
Bluebeard's wives, Henry VIII's, Snow White
cursing the day she left the seven dwarfs, Diana,
Princess of Wales. The sheepish Beast came in
with a tray of schnapps at the end of the game
and we stood for the toast — *Fay Wray* —
then tossed our fiery drinks to the back of our crimson throats.
Bad girls. Serious ladies. Mourning our dead.

So I was hard on the Beast, win or lose,
when I got upstairs, those tragic girls in my head,
turfing him out of bed; standing alone
on the balcony, the night so cold I could taste the stars
on the tip of my tongue. And I made a prayer —
thumbing my pearls, the tears of Mary, one by one,
like a rosary — words for the lost, the captive beautiful,
the wives, those less fortunate than we.
The moon was a hand-mirror breathed on by a Queen.
My breath was a chiffon scarf for an elegant ghost.
I turned to go back inside. Bring me the Beast for the night.
Bring me the wine-cellar key. Let the less-loving one be me.

그런데 참가자들 하나하나 뒤로 이길 수 없었던
일련의 유령들이 서 있었어. 이브, 신데렐라, 마릴린 먼로.
거칠게 머리카락을 자르는 라푼젤.
사랑받지 못하고 빈털터리가 된 베시 스미스.
푸른 수염의 아내들, 헨리 8세의 아내들,
일곱 난쟁이들을 떠난 날을 저주하는 백설 공주,
웨일스의 공작부인, 다이애나. 양처럼 빙충맞은[135] 야수가
게임이 끝날 무렵 슈냅스[136]를 담은 쟁반을 가지고 들어왔고
우리는 건배하러 일어섰어 — "페이 레이"[137] — 그런 다음
진홍빛 목구멍 뒤로 불같이 타는 듯한 술을 단숨에 들이켰어.
나쁜 소녀들. 진지한 부인네들. 우리의 고인들을 애도했어.

그래서 그 비극적인 소녀들을 머릿속에 기억하며 위층으로 가서
나는, 이기든 지든, 야수를 모질게 대하며 침대에서 쫓아냈고;
발코니에 홀로 서 있었어, 그날 밤은 너무 추워 내가 혀끝에서
가물가물 별들을 맛볼 수 있었어.[138] 그리고 나는 — 내 엄지로
마리아의 눈물, 내 진주를 묵주인 양 하나하나 만지며 —
기도했어, 사라져 간, 붙잡혀 간 아름다운 이들,
아내들, 우리보다 불운한 사람들을 위한 말로.
달은 어느 여왕이 숨결을 불어넣은 손거울. 나의 숨결은
어느 우아한 유령을 위한 쉬폰 스카프. 나는 다시 들어가려고
돌아섰어. 오늘 밤 내게 그 야수를 데려오라. 내게 와인 저장실
열쇠를 가져오라. 더 적게 사랑하는 이가 내가 되게 하라.[139]

Demeter

Where I lived — winter and hard earth.
I sat in my cold stone room
choosing tough words, granite, flint,

to break the ice. My broken heart —
I tried that, but it skimmed,
flat, over the frozen lake.

She came from a long, long way,
but I saw her at last, walking,
my daughter, my girl, across the fields,

in bare feet, bringing all spring's flowers
to her mother's house. I swear
the air softened and warmed as she moved,

the blue sky smiling, none too soon,
with the small shy mouth of a new moon.

데메테르 [140]

내가 살던 곳—겨울 그리고 딱딱하게 언 땅.
나는 나의 차가운 돌방에 앉아
거친 말, 쑥돌, 부싯돌을 고르고 있었어,

얼음을 깨기 위해. 깨져 상심한 내 마음—
나는 깨보려고 했지만, 그것이, 얼어버린 호수 위로,
맥 빠진 채, 미끄러져 스치듯 가버렸어.

그녀가 온 길이 멀고 멀었지만,
마침내 나는 그녀,
내 딸, 내 아이가,
들판을 가로질러

맨발로, 온갖 봄꽃을 어머니인 나의 집으로
몰아오는 걸 보았어. 맹세하건대,
그녀가 움직이자 대기는 부드러워지며 따뜻해졌고,

푸른 하늘은, 때맞춰,
수줍어하는 초승달 [141]의 작은 입으로 미소 지었어.

옮긴이 주

「빨간 모자」

1. 「빨간 모자」(Little Red-Cap) 혹은 「빨간 망토 입은 소녀」(Little Red Riding Hood)는 중세로부터 전해지는 구전 동화로, 프랑스의 샤를 페로 (Charles Perrault, 1628~1703) 및 독일의 그림 형제(Brothers Grimm, Jacob Grimm 1785~1863; Wilhelm Carl Grimm 1786~1859)에 의해 정착된 동화. 숲을 통해 할머니를 찾아가는 빨간 모자를 쓴 소녀와, 그 소녀를 꾀어 미리 할머니를 잡아먹고, 이어 소녀를 잡아먹은 늑대, 그리고 늑대의 배를 갈라 소녀와 할머니를 구출하고 늑대의 배 속에 돌을 넣어 꿰매어 죽게 하는 사냥꾼 이야기. 여기서 이야기는 어린 소녀에서 벗어나 결국 자신의 목소리를 지닌 독립적인 (여성) 시인이 되려는 빨간 모자의 입장에서 재구성된 것이다.

2. 반복되는 "도끼를 들고"라는 표현의 원문인 "take an axe to"는 "막연한 무엇인가를 파괴하거나 부수다" 혹은 "호되게 꾸짖다"라는 관용적 표현이지만, 여기서는 문맥에 따라 "도끼"를 살린 채 번역하기로 한다.

「테티스」

3. 테티스(Thetis)는 그리스신화에 등장하는 물의 요정으로, 그녀의 대단한 미모 때문에 신들의 통치자인 제우스와 바다의 신인 포세이돈에게 쫓기다가, 만약 그녀가 아이를 낳으면 그 아버지보다 더 위대한 존재가 되리라는 신탁으로 인해, 결국 인간인 펠레우스와 결혼하게 된다. 테티스는 변신의 능력을 지니고 있으며, 이후 트로이 전쟁의 영웅인 아킬레우스를 낳는다. 여기서의 이야기는 매번 쫓기며 구속에서 벗어나기 위해 여러 모습으로 변신하다가 마침내 아이를 낳는 테티스의 관점에서 재구성된 것이다.

4. 앨버트로스 혹은 알바트로스(Albatross)는 신천옹이라는 새이며, 여기서는 배에서 누군가가 십자궁으로 자유롭게 날아가려고 앨버트로스로 변신한 테티스의 날개에 상처를 내어 날지 못하게 한다. 이는 영국 낭만주의 시인인 콜리지(Samuel Taylor Coleridge, 1772~ 1834)의 『노수부의 노래』(*The Rime of the Ancient Mariner*)의 한 장면을 끌어온 것이다.

5. "박제라니, 제기랄"(stuff that): 여기서는 "stuff"를 가지고 하는
   말장난으로, "stuff"라는 단어 자체는 "박제하다"를 뜻하며 "stuff
   that"은 속어로 "그까짓", "제기랄"을 뜻한다.

「헤롯 왕비」

6. 헤롯 왕(King Herod)은 성경에 등장하는 유대의 왕으로, 별을 보고
   예루살렘으로 찾아와 새로운 유대의 새 왕을 경배하려는 세 명의
   동방박사들의 이야기를 듣고, 베들레헴에서 태어날 아기 예수를 찾아
   죽이려고 병사들에게 모든 사내아이들을 죽이라고 명령한 인물이다.
   여기서 이야기는 딸을 낳은 후, 세 여왕의 방문을 받고서 곧 태어날
   남자 아기(예수) 때문에 딸의 장래를 걱정하게 된 헤롯 왕비(Queen
   Herod)의 관점에서 재구성된 것으로 원래 이야기에서의 마리아·예수·
   별을 따라온 세 명의 동방박사는, 헤롯 왕비·그녀의 딸·세 명의
   여왕으로 대비되어 재구성되어 있다.

7. 헤나(henna): 일시적 문신에 쓰는 염료.

8. 아기 예수의 탄생에 대한 예고.

9. 4가지의 별자리. 오리온자리(Orion): 제우스의 딸인 아르테미스에 의해
   살해된 거대한 사냥꾼 별자리. 개 별(Dog Star): 가장 밝은 별인
   시리우스로 큰개자리 성운에 위치해 있으며, 사냥꾼 오리온을 따라다니던
   개 별. 다이아몬드 W: 카시오페이아(Cassiopeia)로 그리스신화에서
   헛된 여왕을 나타내는 별자리. 마지막 "남친 별"(Boyfriend's Star)은
   더피가 꾸며낸 별자리.

「마이다스 부인」

10. 마이다스(Midas)는 그리스신화 속의 왕으로, 디오니소스가 그에게
    원하는 소원 하나를 들어주겠노라고 하자, 손으로 만지는 모든 것을
    황금으로 변화시킬 수 있는 능력을 달라고 청했고, 그의 소원이
    성취된다. 여기서 이야기는 어느 날 그 능력을 갖게 된 후의 남편
    마이다스에 대해 당혹스러워하던 부인의 관점에서 재구성된 것이다.

11. 황금천의 들판(금란의 들판, the Field of the Cloth of Gold): 영국의
    헨리 8세와 프랑스의 프랑수아 1세의 1520년의 회담 장소로, 서로가
    상대에게 위세를 떨치기 위해 양측 모두 막사와 의복 등을 모두
    황금 천으로 장식한다. 메크레디 양(Miss Macready): C. S. 루이스의
    『사자와 마녀와 옷장』(*Lion, Witch, and the Wardrobe*, 1950)에
    등장하는 인물로 사람보다는 소유물을, 교수의 집에 사는 아이들보다는
    그 집을 더 먼저 생각한다.

12. 아우룸(라틴어, aurum): 원소기호 Au, 원자번호 79인 금.

13. 투탕카멘(Tutankhamun): 고대 이집트의 파라오로서 1922년에 발견된
    그의 묘지에는 황금 마스크를 비롯한 어마어마한 부가 들어 있었다.

「티레시아스 부인으로부터」

14. 티레시아스(Tiresias)는 그리스신화에 등장하는 눈먼 예언자. 남자였던
    티레시아스는 길을 가다가 뱀이 짝짓기 하는 것을 보고 지팡이로 내려친
    행위로 인해 여자로 변했고, 7년 후 같은 상황에서 짝짓기를 하는 뱀을
    지팡이로 내려친 행위로 인해 다시 남자로 변한다. 제우스와 헤라가
    성적 쾌락에 관한 논쟁에서 제우스는 여성이, 헤라는 남성이 쾌락을 더
    많이 느낀다고 주장하며, 남자와 여자를 경험한 티레시아스에게 이에
    관해 물었고, 티레시아스는 제우스의 손을 들어준다. 이에 대해 헤라는
    티레시아스의 눈을 멀게 했고, 제우스는 그 보상으로 예언의 능력을
    부여한다. 여기서 이야기는 어느 날 갑자기 여자로 변해서 돌아온
    티레시아스에 대한 그의 부인의 관점에서 재구성된 것이다.

15. "생리라니", "저주야, 저주"("the curse ... the curse"): "curse"는
    말 그대로 "저주"라는 뜻이기도 하며, 속어로 "여성의 생리"(the
    woman's period)를 뜻한다.

16. "내 입술의 열매"(fruit of my lips)는 「히브리서」13장 15절, "그러므로
    우리는 예수로 말미암아 항상 찬송의 제사를 하나님께 드리자, 이는
    그 이름을 증언하는 입술의 열매니라." 「잠언」12장 14절, "사람은 입의
    열매로 인하여 복록을 누리거니와" 등에서 사용된다. 여기서의 이 표현은
    "입" 혹은 "여성의 성기"를 나타내며 2행 아래의 구절과 더불어
    티레시아스 부인과 그녀의 여자 애인 사이의 에로틱한 상황을 여자가 된
    티레시아스가 상상하며 질투하는 상황을 묘사한다.

「빌라도의 아내」

17. 폰티우스 필라투스(Pontius Pilatus), 빌라도는 초기 고대 로마 유대
    지방의 총독(26~36년)으로, 유대인에 의해 고소된 예수그리스도에게
    십자가형을 언도한 인물. 「마가복음」27장에 기록된 십자가에 못 박힌
    예수의 이야기는 여기서 그 사건에 대한 책임을 회피하려는 남편
    빌라도를 부인의 관점에서 재구성한 것이다.

18. 「마가복음」27장 19절 "총독이 재판석에 앉았을 때에 그의 아내가
    사람을 보내어 이르되 저 옳은 사람에게 아무 상관도 하지 마옵소서
    오늘 꿈에 내가 그 사람으로 인하여 애를 많이 태웠나이다 하더라."
    24절 "빌라도가 아무 성과도 없이 도리어 민란이 나려는 것을 보고
    물을 가져다가 무리 앞에서 손을 씻으며 이르되, 이 사람의 피에 대하여
    나는 무죄하니 너희가 당하라." 빌라도 자신이 "손을 씻으며" 책임을

다하지 않고 회피하는 데 착안하여(6연), 이 시는 "손"에 관한
이야기로 시작된다.

19. "과하게 여성적인 손"(camp hands): 무능함, 혹은 동성애자의 과장된
    여성적인 손짓이라는 의미를 함축.

20. 나사렛의 예수.

21. 바라바(Barabbas, 바라파스): 예수 대신 석방된 죄수.

22. "해골터"(Place of Skulls)는 예수가 십자가에 못 박힌 갈보리를 지칭하는
    것으로, "해골"이라는 뜻의 라틴어 calvaria에서 유래된 명칭이다.

「이솝 부인」

23. 이솝 혹은 아이소포스(추정상 기원전 620~564)는 고대 그리스에 살았던
    노예이자 이야기꾼으로 의인화된 동물들이 등장하는 단편 우화
    모음집을 펴냈다. 여기서 이야기는 항상 우화 거리만 궁리하고, 그
    우화에 담긴 교훈을 전하던 이솝을 지겨워하던 부인의 관점에서
    재구성된 것으로, 이 시에 등장하는 대부분의 동물 및 교훈은 이솝에게서
    나온 것을 패러디한 것이다.

24. 「매와 나이팅게일」(The Hawk and the Nightingale): "손 안에 든 새
    한 마리가 숲에 있는 두 마리보다 낫다"(A bird in the hand is worth two
    in the bush).

25. 「도시 쥐와 시골 쥐」(The Town Mouse and the Country Mouse).

26. 「교활한 여우」(Sly Fox).

27. 「탕자와 제비」(The Spendthrift And The Swallow): "제비 한 마리가
    왔다고 여름이 온 것은 아니다"(One swallow does not make a summer).

28. 「독수리와 갈까마귀」(The Eagle and the Jackdaw).

29. 「사자 가죽을 쓴 당나귀」(The Donkey in the Lion's Skin).

30. 「토끼와 거북이」(The Hare and the Tortoise): "느리고 꾸준하면 결국
    이길 수 있다"(Slow and steady wins the race).

31. 「여우와 신포도」(The Fox and the Grapes).

32. 「암퇘지의 귀로 비단 지갑을 만들려 하기」(Trying to Make a Silk Purse
    out of a Sow's Ear).

33. 「여물통 속의 개」(A Dog in the Manger).

34. 「어부와 큰 물고기, 작은 물고기」(Fisherman with a Big and Small Fish).

35. 「행동이 말보다 더 중요하다」(Action Speaks Louder than Words).

36. 여기서 "cock"는 수탉이라는 뜻과 동시에 남성의 성기를 뜻한다.

37. 「냄비가 주전자 보고 검다고 한다」(The Pot Calling the Kettle Black).

38. 「꼬리 잘린 여우」(The Fox Who Lost His Tail): "내 체면을 위해
    네 꼬리를 자를 거야"(Cut off your tail to save my face). 문맥상

"tail"(꼬리)은 1연에 나온 "tale"(이야기)과 같은 소리를 내는 단어로서, 이를 통해 부인은 남편 이솝이 이야기한 교훈을 패러디하면서 그에게 지루한 이야기를 그만하라고 경고한다. 더군다나 직전에 나온 "남성의 성기"(cock)와 "날 선 도끼"뿐만 아니라, 더피가 이 구절과 관련해서 언급한 1993년 미국에서 벌어진 로레나 보빗(Lorena Bobbitt)의 남편 성기 절단 사건을 함께 감안한다면, 이솝은 결국 부인이 불러일으킨 거세 공포로 인해 입을 닫고 더 이상 이야기할 수 없게 된다.

39. 「암송아지와 황소」(The Heifer and the Ox): "마지막에 웃는 자가 제일 오래 웃는다 / 마지막에 웃는 자가 진정한 승자다"(He who laughs last, laughs longest).

「다윈 부인」

40. 다윈(Charles Darwin, 1809~1882)은 영국의 생물학자, 지질학자로서 진화론을 체계화한 『종의 기원』(On the Origin of Species)을 1859년 11월 24일에 출간했다. 종은 자연선택(natural selection)을 통해 진화한다는 이론에 기초하여 인간은 유인원에서 진화했다는 설을 제시했다. 여기서 이야기는 다윈 부인이 다윈의 메모와 유사한 형태의 일지 형식의 글을 통해 다윈에 훨씬 앞서 인간과 유인원 사이의 유사성을 제시한 원조라는 의미다.

「시시포스 부인」

41. 시시포스(시지푸스, Sisyphus, Sisyphos): 그리스신화에 등장하는 에피라(코린토스)의 왕으로 꾀가 많고 속이기를 잘하여, 결국 그는 거대한 바위를 가파른 언덕 위로 밀어 올리고, 정상에서 도달하자마자 바위가 다시 밑으로 굴러 떨어지게 되어 다시 처음부터 돌을 밀어 올리는, 고되지만 무익한 일을 영원히 반복해야만 하는 벌을 받는다. 여기서 이야기는 일만 하는 시시포스에 대해 불평하는 부인의 관점에서 재구성된 것이다.

42. 더피는 인터뷰에서 시시포스의 일중독(workaholic)을 드러나게 하기 위해 영어에서의 "워크"(work)의 "크"와 동일한 소리를 반복하는 단어들을 선택했다고 한다. 이런 특징을 드러내기 위해 편의상 첨자로 해당 영어 단어의 소리를 함께 사용했다.

「파우스트 부인」

43. 파우스트(파우스투스, Faust, Faustus)는 독일 전설 속의 인물로 자신의 영혼을 팔아 그 대가로 24년간 무한한 쾌락과 지식과 권력을 누린 인물이다. 이 이야기는 이후 많은 작가들에게 영향을 끼쳐, 예를 들어,

영국의 16세기 극작가 말로(Christopher Marlowe)의 『파우스투스 박사의
비극』(*Tragic History of Dr. Faustus*, 1604) 및 19세기 독일 작가
괴테(Johann Wolfgang von Goethe)의 『파우스트』(*Faust*, 1부 1808, 2부
1832) 등으로 만들어졌다. 여기서 이야기는 세상의 모든 쾌락을
만끽하며 정치, 경제, 군사 분야에까지 영향력을 미치던 파우스트를
못마땅해하던 부인의 관점에서 재구성된 것이다.

44. 클럽과 포르노 가게들로 유명한 런던의 한 구역.

45. 시가(Cigar): 담뱃잎을 말아서 만든 것으로. 엽궐련(葉卷煙) 혹은
    여송연(呂宋煙).

46. 메피스토펠레스.

47. 1966년 7월 5일 세계 최초의 포유동물 복제로 태어난, 복제양 돌리.

48. 영국의 전승 동요에 등장하는, 지키던 양을 놓친 여자아이. "꼬맹이
    보 피프가 자기 양을 잃었대."

49. "로마는 하루아침에 이루어진 것이 아니다"에 대한 반어적 비유.

50. 룸펠슈틸츠헨(독일어, Rumpelstilzchen) 혹은 룸펠슈틸츠킨
    (Rumpelstiltskin): 짚을 물레로 자으면 황금으로 바꿀 수 있다는 거짓말로
    인해 벌어진 이야기.

51. 트로이의 헬렌(Helen of Troy)은 제우스와 레다의 딸로, 절세 미녀로
    알려졌다. 스파르타의 왕 메넬라우스의 왕비로, 트로이의 왕자
    파리스에게 납치된 인물로, 결국 이로 인해 트로이 전쟁이 일어났다.
    이 행은 말로의 『파우스투스 박사의 비극』에서 인용된 구절이다.

52. 자가용 소형 제트기.

「데릴라」

53. 데릴라는 성경의 「사사기」(Book of Judges)에서 삼손의 머리카락을
    자를 수 있도록 한 여성. 성경에서 블레셋(Philistines)의 방백들이
    데릴라에게 돈을 주고 삼손의 힘의 근원을 알아내라 했고, 이에 데릴라는
    세 차례 실패 후에 마지막으로 그의 힘의 근원이 머리카락에 있다는
    사실을 알아낸 후 삼손의 머리카락을 자르게 한다. 여기서 이야기는
    스스로 온화해지고 싶어 도움을 청하는 투사 삼손에게 그 청을
    들어주려던 데릴라의 관점에서 재구성된 것이다.

54. 미노타우로스(Minotaur): 그리스신화에 등장하는, 인간의 몸을 하고
    황소의 얼굴과 꼬리를 한 괴물.

「앤 해서웨이」

55. 앤 해서웨이(Anne Hathaway, 1556~1623): 1852년 26세에 연하인
    18세의 윌리엄 셰익스피어(William Shakespeare, 1564~1616)와 결혼,

딸 둘과 11살에 죽은 아들 하나를 두었다. 제사는 세익스피어가 유언장에서 자신의 아내에게 "두 번째로 좋은 침대"를 준다는 부분을 인용한 것이다. 여기서 이야기는 앤 해서웨이가 남편의 소네트 형식을 빌어, 남편의 그 많은 극들은 둘이서 함께했던 이 침대에서 만들어진 것이라는 의미에서 더없이 소중한 침대라며 그 유언의 내용을 자신의 관점에서 재해석한 것이다.

56. 여기에 등장하는 이미지는 예를 들어 『한여름 밤의 꿈』(*A Midsummer Night's Dream*)과 『뜻대로 하세요』(*As You Like It*)에 등장하는 "아든 숲", 『햄릿』(*Hamlet*)에 등장하는 엘시노어의 "총안 흉벽", 『태풍』(*The Tempest*)에 등장하는 "바다", 특히 "바다"의 경우 "진주"는 극에 등장하는 에어리얼의 노래를 지칭하기도 하고, 침대 위에서 벌어지는 성행위를 암시하기도 한다.

57. "궤"(casket)는 『베니스의 상인』(*The Merchant of Venice*)에서 바사니오가 선택한 납상자를 지칭하는 것으로, 귀중품 상자이면서 동시에 관을 의미한다.

「퀸 콩」

58. 「퀸 콩」(Queen Kong)은 『킹 콩』(*King Kong*)에 등장하는 수컷 킹 콩 대신 암컷 퀸 콩을 등장시켜 기존 이야기의 기본적인 골격을 유지한 채 재구성한 것이다. 『킹 콩』의 이야기는 해골 섬(Skull Island)에 살던 거대한 고릴라에 관한 이야기로 1993년 처음 영화화된 작품. 영화 제작팀이 영화를 찍기 위해 해골 섬으로 들어온 여배우 앤을 원주민들이 납치해 고릴라 콩에게 제물로 바치고, 콩은 앤을 자신이 사는 곳으로 데려간다. 앤을 구출하는 과정에서, 사람들이 콩을 마취시켜 생포해서 쇠사슬로 묶은 채 뉴욕으로 끌고 가는데, 콩은 뉴욕에서 킹 콩이라는 이름으로 불리며 구경거리로 전락하지만, 사슬을 끊고 나와 사라진 앤을 찾아 건물들을 뒤져 결국 앤을 데리고 엠파이어스테이트 빌딩으로 올라간다. 전투기들이 킹 콩에게 사격을 가하고 킹 콩은 대항하지만, 앤을 안전하게 하기 위해 결국 스스로 죽는 것을 택한다. 여기서 이야기는 섬에 들어온 남성 영화 제작자를 너무나 사랑한 퀸 콩이 과거 자신과 남성 제작자 사이에 있었던 일을 자신의 관점에서 회상하는 방식으로 재구성한 것이다.

59. 맨해튼의 그리니치 빌리지(Greenwich Village): 과거엔 보헤미안들의 지역이었지만, 이젠 부유한 유명인들이 선호하는 곳, 하지만 여전히 서로 다른 생활양식에 대해 관용적이다.

60. 훈제 쇠고기가 들어간 호밀 빵 샌드위치.

61. 트루즈(trews): 스코틀랜드의 꼭 끼는 격자무늬 모직 바지.

옮긴이 주   193

「콰지모도 부인」

62. 빅토르 위고(Victor Hugo, 1802~1885)의 『파리의 노트르담』(Notre-Dame de Paris, 1831)은 15세기 프랑스를 배경으로, 어렸을 때 버려진 노트르담 대성당의 추하게 생긴 곱추 종지기 콰지모도와 미모의 집시 여인 에스메랄다, 그리고 콰지모도의 보호자 주교 클로드 프롤로를 중심으로 벌어지는 사건을 다룬 장편 소설. 여기서 이야기는 콰지모도만큼이나 추한 모습을 한 채 그에게 질투, 분노를 느끼는 가공의 콰지모도 부인의 관점에서 재구성한 것이다.

63. 쐐기풀에 쩔렸을 때 효능이 있다고 알려진 잎사귀.

64. 벽에 핀으로 고정해놓고 보는, 인기 있는 미인의 사진. 여기서 미모의 집시는 원작에서의 에스메랄다.

「메두사」

65. 메두사(Medusa)는 그리스신화에 등장하는 괴물. 고르곤 세 자매 중 한 명으로, 원래는 아름다운 여인이었으나 아테나의 분노를 사서 괴물 고르곤으로 변한다. 빛나는 눈을 가졌으며 보는 것을 모두 돌로 만들어버리는 능력을 가졌고, 머리카락은 무수한 독사로, 톱니같이 날카로운 치아, 멧돼지의 엄니, 청동 손, 황금 날개, 튀어나온 눈, 긴 뱀 혀를 가진 혐오스러운 모습으로 묘사된다. 이후, 페르세우스는 아테나의 도움을 받아 거울 같은 방패에 비친 그녀의 모습을 보면서 메두사의 치명적인 눈길을 피하고 결국 메두사의 목을 자르는 데 성공한다. 여기서 이야기는 가상의 신랑을 의심하고 불신하고 질투하던 메두사가 자신의 입장에서 스스로 고르곤으로 변하게 된 이유 등을 재구성한 것이다.

「그 악마의 아내」

66. 「그 악마의 아내」(The Devil's Wife)에서의 악마는 이안 브래디(Ian Brady)이며, 그의 아내이자 이 시의 화자는 마이라 힌들리(Myra Hindley). 이들은 영국 맨체스터 근교에서 1963년 7월부터 1964년 12월 사이에 10~17세의 다섯 명의 미성년자를 살해한 연쇄 살인범. 브래디와 힌들리는 맨체스터의 한 회사에서 직장 동료로 만나 연인 관계를 맺은 후, 일부 성폭력이 수반된 연쇄 살인을 저질렀다. 이후 체포된 후, 종신형을 받았으며, 힌들리는 자신이 교화되었고 더 이상 사회에 위협이 되지 않는다고 주장하면서 자신의 종신형에 대해 몇 차례 항소를 했지만 결코 석방되지는 않았다. 여기서 이야기는 악마(브래디)와 그의 부인(힌들리)이 연루된 이 사건을 화자인 부인의 관점에서 재구성하여 때에 따라 횡설수설하며 스스로를 변호하는 것이다.

67. 힌들리의 석방을 위한 캠페인을 벌였던 노동당 하원 의원(MP, Member of Parliament) 롱포드 경(Lord Longford).

「키르케」

68. 키르케(Circe)는 그리스신화에 등장하는 요정 혹은 마녀로 허브와 마법 약에 관한 지식을 가지고 지나가는 사람들을 동물로 둔갑시킨다. 호메로스의 『오디세이』(*Odyssey*)에서 키르케는 오디세우스와 그 선원들을 위한 만찬을 준비했으나, 결국 음식에 들어 있던 약으로 인해 선원들이 돼지로 변한다. 하지만 오디세우스는 이미 경고를 받아 그들과 같은 운명을 피한다. 키르케는 오디세우스와 사랑에 빠져 결국 그가 집으로 가는 데 도움을 준다. 여기서 이야기는 남자인 돼지를 부위별로 요리하는 키르케의 관점에서 재구성한 것이다.

69. 그리스신화에 등장하는 물의 요정, 들판과 자연의 요정.

70. "제 엄지 아래에서 꼼짝 못하는"은 "under my thumb"의 번역으로, 롤링 스톤스(Rolling Stones)의 노래(「Under My Thumb」, 1966)를 지칭하는 것이기도 하다. 이 노래에서는 남성이 상대 여성을 지배하지만, 여기서는 그 관계가 역전되어 여성 요리사인 화자가 재료인 수컷 돼지를 지배한다.

71. "볼 속의 혀"(tongue-in-cheek): 여기서 표면적으로는 돼지의 볼과 혀를 요리하는 방법을 설명하고 있지만, 이 관용적 표현의 의미인 조롱 혹은 빈정거림이라는 뜻도 포함한다.

「나사로 부인」

72. 나사로(Lazarus)는 「요한복음」 11장에 나오는 인물로, 예수로 인해 죽은 지 나흘이 지나 무덤에서 다시 살아나온 인물. 성경에서는 누이 마리아와 마르다가 등장하지만, 여기서 이야기는 남편 나사로의 죽음으로 인한 극도의 고통에서 겨우 벗어난 상태에서 다시 살아 돌아온 남편 나사로를 별로 달가워하지 않는 듯한 가상의 나사로 부인의 관점에서 재구성한 것이다.

73. 사별의 길(the Stations of Bereavement): 예수의 수난과 죽음을 묵상하는 십자가의 길(the Stations of the Cross)을 지칭하는 것으로, 예수가 갈보리로 가는 과정 및 십자가에 못 박힌 14처로 구성되어 성당이나 경당 또는 성지 옥외 장소에 설치되어 있다.

「피그말리온의 신부」

74. 피그말리온(Pygmalion)은 그리스신화에 등장하는 키프로스의 조각가로서, 현실의 여성에게 환멸을 느껴 자기의 이상형을 직접 상아로 조각하고 아프로디테의 힘으로 인간이 된 조각상과 결혼해 자식까지 둔

인물. 아프로디테의 저주를 받아 몸을 파는 여인들을 본 피그말리온은
여인들이 이렇게 천박해진 것을 탄식하여 독신으로 살며, 상아로
아름다운 여인을 조각하여 마치 자신의 진짜 연인인 듯 여긴다. 그러던
중 아프로디테의 축일에 피그말리온은 조각상을 진짜 여자로 변하게
해달라는 소원을 빌었고, 이후 그가 집으로 돌아와 조각상에 입을 맞추어
조각상을 아름다운 여인으로 변하게 한다. 피그말리온은 아프로디테의
축복을 받으며 여인으로 변한 조각상과 결혼하여 아이들을 낳는다.
여기서 이야기는 이상적인 여인상을 조각하던 피그말리온에 대해
조각상인 그의 신부의 관점에서 재구성한 것이다.

「립 반 윙클 부인」

75. 립 반 윙클(Rip Van Winkle)은 미국의 소설가 워싱턴 어빙(Washington
Irving, 1783~1859)의 단편 소설「립 반 윙클」에 등장하는 주인공.
뉴욕의 허드슨 강 유역에 살던 태평스러운 립 반 윙클은 잔소리가 심한
아내와 아이들과 살던 중, 어느 날 사냥을 나갔다가 미지의 선조들을
만나게 되고, 그곳에서 술을 몰래 마신 후 나무 아래에서 잠이 들어 20년
후에 깨어나는데, 모든 면에서 세상이 변했다는 것을 알게 된다. 여기서
이야기는 남편이 사라진 20년간 자신의 취미 생활을 즐기던 중 남편이
돌아온 사실을 알게 된 부인의 관점에서 재구성한 것이다.

「이카로스 부인」

76. 이카로스(Icarus): 그리스신화에 등장하는 인물로, 크레타 섬을 탈출하기
위해 아버지 다이달로스가 깃털을 엮어 밀랍을 발라 만든 날개를
달고 하늘을 날아가다, 너무 높게도 너무 낮게도 날지 말라는 경고에도
불구하고 태양에 너무 가까이 다가간 나머지 밀랍이 녹아 바다로
추락한다. 이 이야기는 이렇게 바다에 빠져 죽은 이카로스의 부인의
관점에서 재구성한 것이다.

「프로이트 부인」

77. 지그문트 프로이트(Sigmund Freud, 1856~1939)는 오스트리아 출신으로
정신분석학의 창시자. 거의 모든 이론을 성 충동(리비도)과 연관시켜
설명했으며, 인간의 무의식을 최초로 규정했는데, 특히 이 시와 관련하여
프로이트가 제시한 음경 선망 혹은 남근 선망(penis envy)은 여성이
음경이 없다는 사실을 인식하고 결핍을 느끼며 남성을 부러워하는
것이다. 여기서 이야기는 이에 대해 다른 의견을 피력하는 프로이트
부인의 관점에서 재구성한 것이다.

78. 클린턴 전 미국 대통령의 성추문 상대인 백악관 여성 인턴.

79. "고독한 눈"은 음경 머리 부분의 끝 갈라진 곳. 그리고 마지막에
    그 "눈"에 대해 "연민"을 느낀다고 함으로써, 프로이트 부인인 화자는
    여성에게 음경이 없기 때문에 음경을 선망한다는 남편의 주장을
    정면으로 반박한다.

「살로메」

80. 살로메(Salome)는 성경에서는 실명이 등장하지 않으나,「마태복음」
    14장에 등장하는 헤롯 안티파스의 의붓딸이자 헤로디아의 딸로서,
    헤롯의 생일잔치에서 춤을 추고 그 춤값으로 헤롯과 헤로디아를
    비난하여 감옥에 갇혀 있던 세례자 요한의 머리를 달라고 하여 결국
    접시 위에 잘린 머리를 받아 자신의 어머니에게 전달한다. 여기서
    이야기는 술과 섹스에 중독된 살로메의 관점에서 재구성한 것이다.

81. 백랍(pewter, 白鑞): 주석과 납·놋쇠·구리 따위의 합금.

82. 그리스도의 사도들(「마태복음」10장 2~4절).

83. "진탕 퍼 마시러 가다"(on the batter)는 속어로, 이 표현에서의
    난타하다(batter)라는 의미는 바로 뒤에 이어지는 사건 — 즉 자신의
    침대에 있는 남자를 살해하는 것 — 을 미리 암시한다.

「에우리디케」

84. 에우리디케(Eurydice)는 그리스신화에 등장하는, 음악과 시의 대가인
    오르페우스(Orpheus)의 아내. 오르페우스와 결혼 후 어느 날 산책을
    나갔다가 아리스타이오스의 구애를 받고 거부하며 도망가던 중 뱀에게
    물려 죽어 지하 세계로 간다. 오르페우스는 리라를 켜며 지하 세계로
    내려가 하데스와 페르세포네에게 아내를 되살려달라고 간청하는데,
    현세로 나가기 전에는 절대로 뒤를 돌아보지 말아야 한다는 조건으로
    허락을 받는다. 하지만 결국 오르페우스는 뒤를 돌아보게 되고
    에우리디케는 지하 세계로 되돌아가게 된다. 여기서 이야기는 남편을
    따라 지상 세계로 되돌아가고 싶어 하지 않는 에우리디케의 관점에서
    재구성한 것이다.

85. 블랙홀 혹은 검은 구멍(black hole): 초중력에 의해 빛·전파도 빨려든다는
    우주의 구멍. 블랙홀이라는 이름은 빛조차 빠져나가지 못하므로 검은
    구멍만 보일 뿐이어서 붙인 것이다.

86. 실물보다 더 큰(larger than life): "영웅적인" 혹은 "서사적인"이라는
    의미 이외에도 "과장된" "허풍 떠는"이라는 이중적인 의미를 포함한다.

87. 시시포스(Sisyphus): 주석 41번 참조.

88. 탄탈로스(Tantalus): 그리스신화에 등장하는 제우스와 플루토의
    아들로서, 자신의 아들 펠롭스(Pelops)를 죽여 그 고기로 요리하여

신들에게 바친 벌로 타르타로스의 연못에 턱까지 잠긴 채, 물을 마시려 하면 물이 빠지고, 머리 위의 나무 열매를 따려 하면 가지가 뒤로 물러나, 영원한 갈증과 허기에 시달린다.

89. 지하 세계 하데스(Hades)로 갈 때 건너야 하는 호수.

「크레이 자매」

90. 크레이 자매는 원래 1950년대와 1960년대 런던 이스트 엔드의 악명 높은 갱스터였던 로니 크레이(Ronnie Kray, 1933~1995)와 레지 크레이(Reggie Kray, 1933~2000) 쌍둥이 형제가 여성으로 변형된 인물. 크레이 형제는 마피아와 연결되어 웨스트 엔드에 클럽과 카지노를 열었고, 정치가들과 배우이자 가수인 다이애나 도스(Diana Dors), 프랭크 시나트라(Frank Sinatra)와 주디 갈랜드(Judy Garland) 등의 예능인과 어울렸고, 1969년에는 살인죄로 종신형을 선고받았다. 여기서 이야기는 쌍둥이 형제의 변형인 쌍둥이 자매의 입장에서 재구성된 것으로, 자신들이 그 바닥에서 잘나가던 지난 시절에 대한 회고인데, 이 자매는 형제의 행적과 거의 동일하게 서술되었지만, 차이는 이들이 여성주의의 명분을 위해 싸운 인물로 변형되어 있다는 것이다.

91. 이스트 엔드(East End): 런던의 시티 지역에 있는 로마와 중세의 장벽 동쪽과 템스 강 북쪽 지역으로, 빈곤하고 인구 과밀 지역이며 연관된 사회적 문제가 많이 발생하는 지역이다. 이로 인해 강력한 정치적 활동과 사회 개혁론자들이 많이 나온 지역이기도 하다. 이 지역의 런던 토박이(Cockney)는 거칠기는 하지만 따뜻하고 관대한 마음을 가졌다고 알려져 있다. [이 시에는 런던 토박이 영어(cockney English)가 많이 쓰였다.]

92. 런던 토박이 압운 속어("thr'penny bits"): 여성의 젖을 지칭하는 속어.

93. 새빌 로(Savile Row): 영국 런던의 매이 페어(May Fair) 지역 소재 고급 의상 가게가 많은 거리. 런던 토박이 사투리(whistle and flutes): 정장.

94. 런던 토박이 사투리(frog and toad): 길.

95. 런던 토박이 사투리(mince pie): 눈.

96. 오스틴 프린세스(The Austin Princess): 1947년부터 1968년까지 생산된 영국의 고급 세단.

97. 웨스트 엔드(West End): 런던의 시티 지역 서쪽, 템스 강 북쪽에 있는 센트럴 런던의 특정 구역으로 극장, 상점, 호텔 들이 집중되어 있다.

98. 주디 갈랜드(Judy Garland, 1922~1969): 미국 여성 가수이자 배우. 1950~60년대에 동성애자들의 공동체를 지지한 것으로 알려졌다.

99. 캐논볼 바이(Cannonball Vi): 크레이 자매의 할머니로 설정되어 있는 이 인물은 20세기 초 영국 여성참정권자인 에밀리 데이비슨(Emily

Davison, 1872~1913)을 지칭. 그녀는 "여성사회정치연합"(Women's Social and Political Union)의 전투적인 행동가로서 1913년 더비 경마 대회에서 여성 참정권을 외치며 조지 5세의 말에게 뛰어들어 죽었다. 실제 크레이 형제의 할아버지는 권투 선수이기도 한 지미 캐논볼 리(Jimmy Canonball Lee)였는데, 여기서는 크레이 자매의 할머니로 변경했다.

100. 베라 린(Vera Lynn, 1917~   ): 영국의 가수, 작곡가, 배우. 제2차 세계대전 중 위문 공연을 다니며 노래를 불러 "군인들의 연인"으로 사랑을 받았던 인물이다.

101. 에멀린 팽크허스트(Emmeline Pankhurst, 1858~1928)는 20세기 초 여성의 참정권 운동을 이끌던 여성 사회운동가. 1903년 '여성사회정치 연맹(WSPU)'을 조직. 비합법적인 무력 저항 투쟁을 시작하여, 런던 도심의 진열장 유리창 부수기부터 국립미술관 작품 훼손, 전철이나 유명 정치인의 집 방화 등을 서슴지 않았다. 1918년 30세 이상의 여성, 1928년에 21세 이상의 모든 여성이 선거권을 얻게 된다. 1914년에 시작된 제1차 세계대전에서는 독일의 위협에 마주하여 전투적인 여성참정권 투쟁을 일시 중단하고 영국을 위해 산업 생산에 참여하고 젊은이들에게 전쟁에서 싸우도록 북돋웠다.

102. 전설적인 여성들(diamond ladies): 원래는 이스트 엔드의 전설적인 남성들(diamond geezer)을 지칭하는 표현이지만, 여기서는 그것의 여성 버전.

103. 불알을 가격하는 무릎(a knee in the orchestra stalls): "Orchestra Stalls"는 1층 앞 무대에 가까운 좌석을 의미하지만, 여기서는 런던 토박이 속어로 남성의 불알 혹은 고환(testicles)을 의미한다.

104. 런던의 여왕들(Queen of the Smoke): 연기(The Smoke)는 런던을 지칭하는 속어.

105. 주석 64 참조.

106. 비타 새크빌-웨스트(Vita Sackville-West, 1892~1962): 20세기 초 영국의 여성 시인이자 소설가. 바이올렛 케펠(Violet Keppel, 1894~1972): 당대 영국의 여성 소설가. 이들은 당시 사회적 인습을 벗어나 각자 결혼 후에도 동성애적 관계를 유지했으며, 버지니아 울프(Virginia Woolf)의 소설 『올랜도』(Orlando)의 남녀 양성적인 주인공을 탄생시킨 인물들이다.

107. "개는 삶을 위한 것이지, 그저 크리스마스만을 위한 것이 아니다"(A dog is for life, not just for Christmas). 원래는 동물 보호를 위한 문구이지만, 여기서는 이 문구를 수정하여 전혀 다른 의미로 사용했다.

옮긴이 주

108. 볼브레이커스(ballbreakers): 여기서는 크레이 자매가 운영하는 클럽의
이름으로, 그 의미는 불알이 으스러질 정도로 힘든 일을 시키는 자, 혹은
남자의 기를 죽이는 위협적인 여자이다.

109. 혼외 임신을 한 소녀를 지칭하는 완곡어법.

110. 낙태가 합법화되기 이전에 은밀히 불법적으로 행했던 낙태 시술.

111. 피커딜리(Piccadilly): 런던의 하이드파크 코너와 헤이마켓 사이의 번화가.

112. 프릭티저스(Prickteasers): 여기서는 크레이 자매가 소유하고 있는 클럽의
이름으로, 그 의미는 성행위를 하려는 의도가 없으면서 남성을 성적으로
흥분시켜놓는 여자.

113. 런던 토박이의 압운 속어(have a good butcher's at): 잘 봐.

114. 저메인 그리어(Germaine Greer, 1939~   ): 오스트레일리아 출신의
여성 작가, 영국 위릭 대학의 영문학 교수로 1970년대의 주요
여성주의자. 브리지트 바르도(Brigit Bardot, 1934~   ): 프랑스 출신의
여성 배우, 가수, 모델. 트위기(Twiggy): 영국 출신의 여성 모델, 배우,
가수인 레슬리 로슨(Lesley Lawson, 1949~   )으로 너무 말라서
잔가지처럼 연약하다는 뜻의 트위기라는 예명을 얻었다. 룰루(Lulu,
1948~   ): 영국 스코틀랜드 출신의 가수이자 배우. 1967년의 영화
『언제나 마음은 태양』(To Sir, with Love)의 여주인공으로 주제가를
직접 불렀다. 1960년대 중후반 젊은이들 주도의 문화(Swinging Sixties)를
대변하는 아이콘 중의 하나. 더스티 스프링필드(Dusty Springfield,
1939~1999): 영국 출신의 여성 팝 가수이자 음반 프로듀서. 오노
요코(Ono Yōko, 1933~   ): 일본 출신의 멀티미디어 아티스트·가수·
작곡가이자, 비틀즈 존 레논의 둘째 아내. 셜리 배시(Shirley Bassey,
1937~   ): 영국 웨일스 출신의 여성 가수로 1950년대 주로 활동했고
제임스 본드 영화의 주제가 가수로 명성을 얻었다. 뱁스(Babs): 바버라
윈저(Barbara Windsor, 1937~   ) 영국 출신 여성 배우. 샌디 쇼(Sandy
Shaw, 1947~   ): 영국 출신의 여성 가수. 다이애나 도스(Diana Dors,
1931~1984): 영국 출신의 여성 영화배우, 가수.

115. 프랭크 시나트라(Frank Sinatra, 1915~1998)와 그의 딸인 낸시 시나트라
(Nancy Sinatra, 1940~   ): 부녀 모두 미국 출신의 가수이자 영화배우.

116. 여기서는 낸시 시나트라이며, 마지막 세 행은 그녀의 히트 송 「이 부츠는
걷도록 만들어진 것」(These Boots Are Made for Walkin')의 가사 중 일부.

「엘비스의 쌍둥이 누이」

117. 엘비스 프레슬리(Elvis Presley, 1935~1977): 미국의 가수 및 배우로,
로큰롤의 황제. 남부 미시시피 주 투펄로에서 쌍둥이 중 동생으로
태어났으나, 형 제시 개론(Jessie Garon)의 사산으로 외아들로 성장.

이후 테네시주 멤피스 빈민가에서 출발하여 성공을 거둔 후 42세에 멤피스에 있는 그의 자택 그레이스랜드에서 사망. 여기서는 수녀원에서 정원을 가꾸며 사는 가상의 여동생을 설정하여 그녀의 관점에서 오빠의 화려한 삶과 대비된 자신의 삶을 전달한다.

118. 욜(y'all — you all): 미국 남부 사투리.

119. 「블루 스웨이드 슈즈」(Blue Suede Shoes): 엘비스 프레슬리의 노래 제목.

120. 모두 "은총의 땅"을 의미하는 말놀이로, 엘비스 프레슬리가 살았던 대저택 "그레이스랜드"(Graceland)에 대비되는 여동생 화자가 사는 수녀원을 "랜드 오브 그레이스"(land of grace)라 칭했다.

121. 「로디, 미스 클로디」(Lawdy, Miss Clawdy), 「하트브레이크 호텔」(Heartbreak Hotel), 「론리 스트리트」(Lonely Street): 모두 엘비스 프레슬리의 노래. "로디"(Lawdy)는 종교적 의미를 지닌 주님(Lord)의 남부식 표현. 또한 엘비스 프레슬리의 노래 제목들을 사용하여, 오빠와 달리 "외로움"(lonely)과 "비통함"(heartbreak)을 이겨냈다는 의미를 함축했다.

「교황 요안나」

122. 교황 요안나(Pope Joan, 855~857): 중세 유럽에서 교황 레오 4세와 교황 베네딕토 3세 사이에 재위했다고 여겨지는 전설상의 여성 교황. 요안나는 총명하며 학구열이 강한 여성으로, 남장을 한 채 자신의 재능으로 성직자의 계급을 차근차근 올라가, 교황으로 선출된다. 그러나 어느 날, 행차 도중에 길에서 아기를 출산해서 결국 그녀의 성별이 밝혀지게 된다. 여기서 이야기는 아이를 낳던 찰나에 가장 하느님과 가까이 있었다고 자신의 삶을 회상하는 요안나의 관점에서 재구성한 것이다.

「페넬로페」

123. 페넬로페(Penelope): 호메로스의 『오디세이』에 등장하는 인물로, 수많은 구애자들에도 불구하고 일생의 여행을 떠난 남편인 이타카의 왕 오디세우스가 돌아오기를 20년간이나 기다린 정절의 상징. 오디세우스가 부재하는 동안 수많은 구애자들이 청혼을 하였으나, 오디세우스 아버지의 수의를 다 지으면 한 명을 선택하겠다고 해놓고, 낮에는 옷을 짜고 밤에는 풀어서 그 결정을 지연시켰다. 여기서는 떠나간 남편 오디세우스를 기다리다가 뜨개질이라는 일생의 일을 찾아서 더 이상 그를 기다리지 않게 된 페넬로페의 관점에서 재구성되었다.

124. 원문은 "a single star— cross-stitch, silver silk—"로 되어 있어, 마치 셰익스피어의 『로미오와 줄리엣』(Romeo and Juliet)에 등장하는

두 주인공의 사랑처럼 오디세우스와 페넬로페의 사랑이 실패할 운명에
처한("star-crossed lovers")듯 우회적으로 암시한다.

「야수 부인」

125. 『미녀와 야수』(*Beauty and the Beast*)는 프랑스를 비롯한 유럽 전역에
전해 내려오던 동화로 17세기 중반에 조금씩 다른 형태로 기록되어
출판되어왔다. 야수의 부인이 된 미녀는 혼자 12명의 아이들을 키우던
상인의 막내딸. 상인이 우연히 폭풍우를 피해 들어간 야수의 성에서
막내딸의 부탁으로 장미를 꺾었고 이에 대한 대가로 결국 막내딸을
야수에게 보내게 되는데, 잠자리를 청하는 야수의 청을 거부하는 것을
제외하고는, 온갖 호사를 다 누리다가 두 달간 친정에 가도록 허락을
받아 가족들을 만나게 된다. 후에 시간이 되어 미녀는 야수가 거의 다
죽어간다는 사실을 알고 가족들의 만류에도 불구하고 성으로
되돌아가 야수에 대한 사랑을 확신하게 되는데, 결국엔 그녀가 나쁜
요정으로 인해 야수가 되었다가 변한 왕자님과 결혼한다는 이야기이다.
여기서 이야기는 야수를 완전히 통제하고 지배하는 야수 부인의
관점에서 재구성한 것이다.

126. 헬렌(Helen of Troy): 그리스신화에 등장하는 제우스와 레다의 딸로,
세상에서 가장 아름다운 여인으로 알려졌다. 클레오파트라(Cleopatra,
기원전 69~30): 이집트 프톨레마이오스 왕조의 여성 파라오. 시바의
여왕(the Queen of Sheba): 기원전 10세기경 남서부 아라비아의
시바 왕국의 여왕. 줄리엣(Juliet): 셰익스피어의 『로미오와 줄리엣』에
등장하는 여주인공.

127. 네페르티티(Nefertiti, 기원전 1370~1330년경): 기원전 14세기 초
이집트의 왕비로, "미녀가 왔다"는 의미의 이름대로, 화려한 미모를
지닌 것으로 알려져 있다. 모나리자(Mona Lisa): 16세기 르네상스 시대
레오나르도 다 빈치가 그린, 신비롭게 미소 짓는 한 여인의 초상화 속
인물. 가르보(Greta Garbo, 1905~1990): 1920~1930년대에 주로
활동했던, 스웨덴 출신의 미국 여성 영화배우.

128. 덴마크의 동화 작가 한스 크리스티안 안데르센(1805~1875)의
『인어공주』(*The Litter Mermaid*).

129. 다마스크(damask): 색사나 금·은사를 이용해 꽃이나 식물 혹은 동물의
그림 등을 두드러지게 짜 넣은 견직물.

130. 미노타우로스(Minotaur): 주석 54 참조.

131. 골디락스(Goldilocks): 19세기 영국의 전래 동화 『골디락스와 세 마리
곰』(*Goldilocks and the Three Bears*, 1837)에 등장하는 금발 소녀.

132. 노란 난쟁이 부인(Frau Yellow Dwarf): 프랑스 드누아 부인(Madame

d'Aulnoy, 1650~1705)의 전래 동화 『노란 난쟁이』(*The Yellow Dwarf*)에 등장하는 인물.

133. 카드 게임의 일종.

134. 원문에서는 "pot"를 이용한 말놀이. 끓는 죽을 담고 있는 "단지"(pot)는 포커에서 "거는 돈"(pot)이라는 의미도 지닌다.

135. 똘똘하지 못하고 어리석으며 수줍어하다.

136. 슈냅스(schnapps): 유럽 등지에서 만든 독한 술.

137. 포커 참가자들이 기억하는 자신들보다 덜 강했던 과거의 여성들. 이브(Eve): 성경에 등장하는 인물. 뱀의 유혹에 넘어가 하느님이 금한 선악과를 따먹고 아담도 먹게 하여, 에덴동산에서 함께 추방당한다. 신데렐라(Ashputtel, Cinderella): 19세기 독일의 동화 작가 그림 형제의 동화에 등장하는 인물. 마릴린 먼로(Marylin Munroe, 1926~1962): 미국의 여성 모델, 배우, 가수로, 미디어에 의해 금발의 섹스 심벌로 알려졌다. 양아버지에 의한 성폭행, 세 차례의 결혼과 이혼, 케네디 집안과의 추문 등, 1962년 공식적으로는 수면제 과다 복용으로 사망한 것으로 되어 있다. 라푼젤(Rapunzel): 그림 형제의 동화에 등장하는 인물. 베시 스미스(Bessie Smith, 1894~1937): 아프리카계 미국 여성 가수. 1920년대와 30년대 미국 블루스의 여왕으로, 양성애자인 본인과 불륜 남편과의 불화, 의심스러운 불의의 자동차 사고로 비극적인 죽음을 맞는다. 푸른 수염의 아내들(Bluebeard's wives): 푸른 수염은 프랑스의 동화 작가 샤를 페로(Charles Perrault, 1628~1703)의 동화에 등장하는 인물로, 그의 아내들은 결혼하자마자 성의 한 작은 방문을 열지 말라는 남편의 명령을 어겨 차례로 죽임을 당한다. 헨리 8세의 아내들(Henry VIII's wives): 헨리 8세(1491~1547)의 6명의 아내들 중 2명은 이혼당하고 2명은 처형되었다. 백설공주(Snow White): 그림 형제의 동화에 등장하는 인물. 다이애나(Diana, Princess of Wales, 1961~1997): 1981년 찰스 왕세자와 결혼하여 두 왕자를 낳았지만 부부간의 불화로 인해 1996년에 이혼, 1997년 파리에서 교통사고로 사망했다. 페이 레이(Vina Fay Wray, 1907~2004): 캐나다 출신의 미국 여성 배우로 영화 『킹 콩』에 등장하여 거의 비명을 지르던 역할만 했던 30년대 "비명의 여성"(Scream Queen).

138. 돔 페리그논(Dom Pierre Pérignon, O.S.B., 1639~1715): 17세기 프랑스의 베네딕트 수사로 샴페인 와인을 처음으로 제조한 인물로 알려져 있다. 그는 샴페인을 처음 맛보며 "어서 와요, 나는 별들을 맛보고 있어요"(Come quickly, I am tasting the stars!)라고 했다.

139. 1930년대 영국 시인 오든(W. H. Auden, 1907~1973)의 「더 많이 사랑하는 이」(The More Loving One)에 나오는 구절을 수정하여

원용했다. 오든 시 원문은 "더 많이 사랑하는 이가 내가 되게 하라"(Let the more loving one be me).

「데메테르」

140. 데메테르(Demeter)는 그리스신화에 등장하는 곡물과 풍요의 여신. 데메테르는 제우스와의 사이에서 낳은 딸 페르세포네(Persephone)가 저승의 신이자 제우스의 형제인 하데스(Hades)에게 납치되어 지하 세계로 끌려가게 되자, 딸을 찾아 헤매다가 그 사실을 알고 나서, 지상을 어느 곡물도 열매 맺지 못하는 영원한 겨울로 만든다. 마침내 제우스의 중재로 페르세포네는 지상으로 돌아와 데메테르와 머물게 되지만, 지상으로 올라가기 전에 먹은 석류로 인해 그만큼의 기간을 하데스와 함께 보내야만 한다. 이로 인해 페르세포네가 지상 세계로 돌아와 데메테르와 만나는 시기는 봄이 시작하는 때이며, 지하 세계로 돌아가면 지상 세계는 다시 황량한 겨울이 된다. 여기서 이야기는 딸 페르세포네와 봄이 다가오는 상황을 어머니 데메테르의 관점에서 재구성한 것이다.

141. 초승달(new moon)은 그리스신화에서 페르세포네를 지칭하며 소녀, 젊음, 봄을 상징.

현대의 한 이야기꾼 시인이 연출한
"여성주의적 엔터테인먼트"

손을 대는 모든 것을 황금으로 만든 마이다스, 어느 날
여자가 되어 집으로 돌아온 티레시아스, 교훈을 담은 우화를
생각하는 데 골몰한 이솝, 굴려 올리자마자 떨어지는 돌을
다시 굴려 올리는 일을 영원히 반복한 시시포스, 악마에게
영혼을 팔아 지상의 모든 것을 누린 파우스트, 죽은 자
가운데서 다시 살아난 나사로, 현실의 여성에 환멸을 느껴
자신의 이상적 여인을 조각하여 만든 피그말리온, 성충동을
강조하고 여성들의 음경 선망을 주장한 프로이트, 죽은
아내를 다시 데려오기 위해 지하 세계로 간 오르페우스,
이들의 아내들은 과연 어떻게 생각하고 반응했을까?
달변가인 셰익스피어가 아닌 그의 아내 앤 해서웨이에게
말할 기회가 주어진다면, 그녀는 유산으로 받은 침대에 관해
어떤 이야기를 할까? 거대한 킹 콩과 그의 작은 여자 애인의
관계가 거대한 퀸 콩과 그녀의 작은 남자 애인의 관계로
바뀐다면 어떤 이야기가 전개될까? 미녀와 야수의 성격과
역할이 서로 바뀐다면 어떤 일이 벌어질까?
　　호기심을 자극하는 이런 재미있는 질문들을 만들어가며
더피는 『세상의 아내』를 자신이 언급한 바 있는 "여성주의적
엔터테인먼트"로 만들어낸다. 서른 명의 여성 어벤저스
화자들에 의해 색다르게 재구성된 서른 편의 이야기는
흥미진진하다. 기이한 발상을 통해 전개되는 예측 불가능한
상상의 세계는 독자들의 관심을 이야기 속으로 끌어들이기에
충분하다. 특히 누군가에게 말을 하고 있는 듯한 일상적인
대화체, 웃음 터져 나오게 하는 유쾌하고 신랄한 말놀이,

기상천외한 현대적 문맥에서 새로운 감각으로 색다르게 재구성된 이야기 또한 시에 익숙하지 않은 일반 독자들조차 쉽게 다가갈 수 있게 한다.

『세상의 아내』는 엔터테인먼트의 자극성을 지니기도 한다. 이는 물론 독자의 성향에 따라 통쾌함 혹은 역겨움을 불러일으킬 수도 있다. 시인 더피의 상상력을 통해 전통적 여성상에서 벗어난 대담한 자기 주도적 여성 화자들은 분노를 승화시킨 풍자와 해학으로 무장한 채 기존의 남성 중심적 이야기와 그 이야기로 구성된 세계를 예리하게 찔러 파열시킨다. 시에서 금기시될 만한 비속어와 삼류급 19금에 해당할 만한 장면들도 독자들을 자극한다.

『세상의 아내』는 흥미진진하고 자극적인 여성주의적 엔터테인먼트이면서, '즐겁게 가르친다'는 문학의 고전적 기능을 수행하듯, 익숙해진 시선이 보지 못한 "숨겨진 진실"을 되찾는 시집이기도 하다. 더피는 이 시집의 목적을 "숨겨진 진실" 혹은 "상실된 진실"을 찾아 기존의 이야기와 그 이야기로 구성된 세계에 "새로운 층위를 개입"시켜 참다운 "인간되기"를 향해가는 것이라고 한다.

나에게 이 시들은 언어, 관계, 인간되기를 찬양하는 것이다. 무엇인가에 대해 쓴다는 것은 아무리 그 제재에 대해 비판적이라 할지라도 찬양하는 것이며, 무엇인가를 만들어내는 것, 이 세상에 무엇인가를 첨가하는 것이다. 이는 무엇인가를 주는 행위다. 나는 『세상의 아내』를 쓰면서 남성성의 어떤 일면에 대해 불평하는 데 주력했다고 느꼈던 적은 없다. 물론 나는 이 시의 내용이 그렇다는 것을 잘 알고 있다. 나의 목적은 숨겨진 진실들, 혹은 여성적인 방식으로 익숙한 것들을 바라보는 새로운 방식들을 찾는 것이었다.

그 진실을 찾아가는 길이 어떤 독자에게는 익숙해진
[비]정상에서 벗어나 현재 세계와 다른 어떤 미지의 세계로
가는 길이 될 수 있을 것이고, 어떤 독자들에게는 그
익숙한 [비]정상에 머무르며 불안한 미지의 세계로 가지
못하도록 막아야만 하는 길이 될 수도 있을 것이다. 그런데
『세상의 아내』는 출간 첫 해에 5천 부 이상 판매되었고,
2002년 기준으로는 수만 권이 판매되었을 정도로 한 권의
시집으로서는 보기 드물게 비평가들의 호평과 더불어
대중적 인기를 누렸다고 한다.

* * *

만약 현재의 [비]정상적인 세계에 익숙한 어느 독자가 그
세계에 맞춰 조율된 시선을 가지고 좀 색다르지만 허용
가능한 정도의 [비]정상적인 세계를 기대하며 책을 본다고
가정해보자. 아마도 그 독자는 익숙함의 관성으로 인해
한 작품이 담고 있는 세계를 자기 식으로 재단해가며 자신의
시선을 움직여갈지도 모른다. 그 일점원근법에 따른 절대
시선은 사르트르가 인상적으로 설명한 열쇠 구멍을 통해
훔쳐보는 시선과 어떤 면에선 약간 유사할 수도 있을 듯하다.
독자는 열쇠 구멍 한편에서 자신의 익숙한 시선을 통해
자기 앞에 놓인 책을 대상화한다. 물론 책은 하나의 대상화된
사물이지만, 만약 그 책이 인간인 한 작가의 또 다른
시선이라면, 아마 독자는 작가의 시선에 의해 대상화되는
느낌을 받을 수도 있을 것이다. 이 경우 그 독자도
사르트르식 "수치심"을 느끼든 아니든 다른 어떤 시선에
의해 바라보이게 된다는 점은 분명할 것이다.
  1960~70년대 미국의 여성 시인 앤 섹스턴은 그림
형제의 동화를 여성주의적 시각에서 다시 쓴 『변형』
(*Transformations*, 1971)을 발표했다. 바바라 스완(Barbara

Swan)의 삽화가 들어간 이 시집의 겉표지를 넘기면, 우리 독자들은 제목과 시인의 이름 사이에 있는 작은 눈을 마주하게 된다. 다시 한 장을 더 넘기면 왼쪽 면 전체에 그려진, 커다란 열쇠 구멍과 그 뒤에서 우리를 쳐다보는 또 다른 눈과 마주치게 된다.

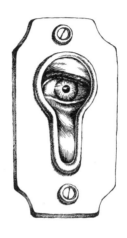

독자들의 시선이 열쇠 구멍 뒤의 시선과 마주치고 나면 이 시선의 주체—"여기서의 화자는 / 나, 중년의 마녀"—가 등장한다. 이 마녀의 시선이 오히려 익숙함에 젖어 있는 독자들의 절대적인 듯한 시선을 대상화하고 상대화한다. 이를 통해 마녀는 우리들에게 그동안 익숙했던 열일곱 편의 동화를 낯설게 만들면서 그 속에 숨겨졌던 비밀들을 드러내 보여주고, 기존의 동화를 통해 만들어진 세계가 절대적인 것도, 자연적인 것도 아니었다는 것을 알려준다. 어떤 구조 속에서 마녀처럼 대상화된 채 억압받아 침묵하던 사람들의 시선은 이들을 대상화하던 기존의 절대적 시선을 통해 자연적이며 정상적이라고 보이던 세계가 도무지 그렇게 보이지 않는 듯하다.

* * *

더피는 20세기 중·후반 영국 대처 시대의 역사적 현실에
매개된 공감적 상상력을 통해 성·인종·계급적으로 대상화된
채 침묵하고 있던 인간 존재들이 자신들의 시선을 통해 본
세상을 이야기하는 시적 공간을 만들어낸다. 예를 들어,
초기 시부터 더피는 남성 화가가 아니라 누드 모델(「서 있는
여성 나체 모델」), 나치 군인이 아니라 유린당한 유대인
여성의 혼령(「별을 쏘다」), 반인종적 정부가 아니라 이주민
아이들과 노동계급 아이들(「종합학교」), 자유시장경제를
기치로 민영화를 주도하고 일자리 창출 정책을 편
대처주의가 아니라 급조된 허드레 노동의 노예가 된 소인국
노동자들(「일자리 창출」)로 하여금 그들의 시선을 통해 본
세상을 스스로 말하게 한다.

시적 공간에서의 이런 자유로움에도 불구하고, 오래되어
경직된 세상과 그로 인해 익숙해진 금기에서 벗어나
색다른 세상을 만들어가는 것이 그리 쉬운 일은 아니었던 것
같다. 이 지난한 일은 더피가 2009년 5월 영국의 20대
계관시인으로 선정되기 전 19대 계관시인 선정 과정에
고스란히 배어 있다.

정부가 올해 초 테드 휴스 사후 계관시인으로 더피를
선정하지 않기로 결정했을 때만 하더라도 여타 세상
사람들은 이미 [더피]를 슈퍼스타로 생각하고 있었다. 영국
정가외 힌 관계사가 기자에게 말한 바에 따르면, [더피를
선정하지 않은] 것은 "블레어가 동성애자를 계관시인으로
선정할 경우 그것이 영국 중산층에게 어떤 영향을 미칠지를
우려"했기 때문이었다고 한다. 그렇게 더피는 동성애자
홀보듬맘으로 [여성] 흑표범당원과 함께 살고, 스코틀랜드
노동계급 출신으로 그려지면서 거부되었다. 대신 앤드류

모션은 사립학교와 옥스퍼드에서 수학했고, 기혼자이며
백인 상류사회 남성으로 그려지며 선호되었다. 언론은
모션, 제임스 펜턴, 크리이그 래인 등 힘을 가진 옥스브리지
유형의 시인들과 또다시 거부된 더피, 돈 패터슨, 리츠
로시헤드, 사이먼 아미티지 등을 포함한 "포스트모던
지방(시)인들"로 대립 구도를 형성했다.(『가디언』 1999.
9. 25.)

이로부터 또 다른 10년이 흘러, 더피는 341년 동안 "여성
[계관시인]이 한 명도 없었다"는 이유에서 그 지위를
받아들여 최초의 여성, 최초의 스코틀랜드 노동계급 출신,
최초의 동성/양성애자 홀보듬맘 계관시인이 되었다.

2009년 5월 "캐롤 앤 더피, 첫 여성 계관시인이
되다"라는 제목의 기사는 더피가 선정된 이유로 1) 일반
대중들에게 계관시인을 문화·미디어·스포츠부에 추천하도록
한 선정 과정의 제도적 변화, 2) 비평가들의 좋은 평가뿐만
아니라 일반 대중의 인기도 함께 얻은 『세상의 아내』의
출간을 들었다.

　　　　* * *

더피는 『세상의 아내』에서 성·인종·계급 중 특히 성을 통한
억압을 문제시하여 어린 시절부터 자신을 형성하는 데
기여해왔던 여러 이야기들을 여성의 시각에서 다시 쓴다.
시인은 시간과 공간뿐만 아니라 현실과 가상을 가로질러
자유롭게 넘나들면서, 기존의 이야기에 보조 출연자로
등장했거나 가려져 보이지 않았던 여성들을 시의 화자로
내세워 이들이 금기를 깨고 자신들의 이야기를 전할 수 있는
자리를 마련한다. 선정된 서른 명의 여성 화자들은 기존의
유명한 남성 인물들의 부인들, 기존의 이야기 속에서 자신의

목소리를 내지 못했던 여성들, 그리고 원래는 남성이었지만 여성으로 변형된 인물들이다. 이들을 이야기의 출처에 따라 분류하면 다음과 같다.

신화(11): 테티스, 메두사, 키르케, 데메테르, 마이다스 부인, 티레시아스 부인, 시시포스 부인, 피그말리온의 신부, 이카로스 부인, [오르페우스의 부인] 에우리디케, [오디세우스의 부인] 페넬로페. 성경(5): 헤롯 왕비, 빌라도의 아내, [삼손의 여인] 데릴라, 나사로 부인, 살로메. 동화(2): 빨간 모자, 야수 부인. 역사상의 인물(6): 이솝 부인, 다윈 부인, [셰익스피어의 부인] 앤 해서웨이, 프로이트 부인, 엘비스 프레슬리의 가상의 쌍둥이 누이, 교황 요안나. 문학작품(3): 파우스트 부인, 콰지모도 부인, 립 반 윙클 부인. 영화(1): 킹 콩의 여성적 변형인 퀸 콩. 당대 영국의 범죄사건(2): 1960년대 영국의 미성년자 연쇄살인범인 이안 브래디라는 악마의 아내인 마이라 힌들리, 1950~60년대 영국 이스트엔드 최악의 범죄자 크레이 형제의 여성적 변형인 크레이 자매.

이렇게 선정된 일인칭 여성 화자들은 흔히 남성 시인에 의해 이상화된 뮤즈로 소환되던 여성상이나, 남성의 시각과 욕망의 대상이 된 채 침묵을 강요당하던 여성상에서 벗어나 자기 이야기의 주체로 등장한다. 이 여성들은 밀폐된 자기애적 감상성에 빠진 일인칭 화자가 아니라, 자신의 이야기를 함께 나눌 여성 독자들을 불러들이면서 자신의 소망과 분노와 욕망을 거리낌 없이 표출하는 적극적인 화자들이다.

못생긴 자신을 배반하고 잘생긴 집시여인을 흠모하는 콰지모도에 대한 분노를 삭이지 못해 그의 종을

다 망가트리고 그 위에 오줌을 갈기는 부인, 야수를
하인으로 부리고 성적으로 지배하는 미녀, 남성의 변형인
돼지를 부위별로 자르고 양념해서 요리하는 키르케,
사라진 립 반 윙클을 기다리다 지쳐 자신의 취미를 갖게 된
순간 돌아온 남편이 반갑지 않은 부인, 죽은 후 하계에서
잘 지내는 자신을 남편 오르페우스가 다시 데려가려는 것을
못마땅하게 여기는 에우리디케.

더피는 이런 화자들의 시선에 따라 만들어진 세상을
효과적으로 보여주기 위해 "극적 독백"이라는 기법 혹은
짧은 이야기체 시 형식을 사용한다. 극적 독백은 우선
어떤 극적 순간의 특정 상황에서 시인과 구분된 한 명의
일인칭 화자가 전하는 이야기로 구성된다. 다음으로 화자는
시에 등장하는 청자(들)에게 이야기하듯 말하는데, 단
그들의 말과 행동은 화자에 의해 간접적으로 알려진다.
끝으로 시인이 의도적으로 재구성한 화자의 이야기 방식 및
내용은 그 화자의 기질과 성격을 암암리에 드러내 보여준다.
　　이런 특징을 지닌 시적 장치를 통해 시인은 서른 명의
다양한 화자들을 창조해내어 그들이 "혼자" 주체적으로
자신들의 이야기를 할 수 있게 한다. 또한 시인은 각각의
화자가 개별 시 전체의 내용을 관장하게 만들 뿐만
아니라, 시 속에 간접적으로 등장하는 청자 및 시를 읽는
독자들에게도 일상적인 대화체로 말을 걸어 친숙하게
다가가게 만든다. 이를 통해 시인 더피는 기존의 광적인
남성 화자와 그에 의해 대상화된 여성 인물이 등장하는
관례적인 극적 독백을 역전시켜 자기 주도적인 여성들을
화자로 설정하고 이들에게 전례 없는 다양한 기질과
성격을 부여한다.
　　그 외에도 더피가 사용하는 시적 장치들 중 특징적인
것은 단어의 절묘한 사용이다. "세상의 아내"라는 이 시집의

제목도 예외는 아니다. 『세상의 아내』의 원어 표기는 *The World's Wife*로 관용적으로 사용되는 "모든 혹은 수많은 사람들"(the world and the wife)의 반영이자 반어적 변형으로 볼 수 있다. 흔히 사용하는 "the world and his wife"는 세상(사람/남자)과 분리되어 있는 "그의 아내"를 설정하고 있어, 어떤 면에서 여성은 자신이 살고 있는 세계와 주변적인 방식으로만 관계를 맺고 있다는 점을 암시한다. 이런 문맥에서 이 시집에 등장하는 남성지배적 세계를 전복하는 여성 화자들의 면면을 고려해본다면 "세상의 아내"라는 제목은 반어적으로 읽힐 수도 있을 것이고, 이 시집이 주목하는 "아내"를 더 강조하는 방식으로 읽힐 수도 있을 것이다.

이야기꾼이면서 정교한 언어의 마술사인 더피는 화자가 사용하는 단어의 소리를 절묘하게 활용한다. 가장 대표적인 것은 바로 「시시포스 부인」이다. 서른두 행으로 구성된 이 시는 거의 모든 행에서 (무성 연구개) 파열음인 [k]/[ㅋ] 소리를 담은 서른여덟 개의 단어를 최소 한 개, 최대 세 개까지 반복한다.

> 하지만 나는 캄캄한 어둠 속에 혼자 누워 있어,
> ^{다크}
> 노아가 열심히 거듭 망치질해가며 방주를 만들 때
> ^{아크}
> 그의 아내처럼,
> ^{라이크}
> 요한 제바스티안 바흐의 부인처럼, 느끼면서.
> ^{바크}   ^{라이크}
> 꽥꽥거리는 소리로 쉬어버린 내 목소리,
> ^{스퀘크}
> 능글맞게 히죽거리는 웃음으로 뒤틀어진 내 미소,
> ^{스머크}
> 그동안, 그는 깊어가는 어둠이 드리운 저 언덕 위에서
> ^{머크}
> 일백 퍼센트 그리고 그 이상으로 일을 하고 있어.
> ^{워크}

더피는 시시포스 부인의 목소리를 빌려 [k]/[ㅋ] 소리를 반복해서 사용하다가 마지막 행에 "워크"(work)를

배치하여 이전의 소리들을 수렴시킨다. 이를 통해 화자인
부인은 굴려 올려놓으면 다시 떨어지는 돌을 영원히
반복해서 굴려 올려야만 하는 어처구니없는 노동을 하는
남편이 "일중독"(workaholic)에 걸렸다고 생각하고 있다는
점이 드러난다. 흔히 카뮈에 의해 실존주의의 대표적
이미지로 올라섰던 시시포스는 이제 화자인 부인에 의해
여지없이 굴러 떨어진다.

더피는 한 단어에 들어 있는 다양한 의미를 절묘하게
사용하기도 한다. 여자가 되어 집으로 돌아온 티레시아스가
어느 날 생리를 하는 자신을 보며 "생리라니" "저주야,
저주"(The curse ... the curse)라고 절규한다. 여기서 "curse"는
"저주"라는 일반적인 의미 이외에, 속어로 사용될 땐
여성의 "생리"라는 의미이기도 하다. 또한 남자를 변형시킨
돼지를 부위별로 요리하는 키르케는 "볼 속의 혀"(tongue in
cheek)를 요리하는 과정을 설명한다. 여기서 이 표현은
말 그대로 돼지의 한 부위를 지칭하기도 하지만 관용적으로
"조롱조로 혹은 불성실하게 말한다"는 뜻으로, 키르케는 여성
(시)청자들에게 남성의 "빨고, 핥고, 지껄이고, 매수하고,
거짓말하는 혀의 기술을 기억하라"고 경고한다. 이 유형의
가장 복합적인 일례는 남편 이솝의 지겨운 우화와 교훈에
진저리를 치던 부인이 남편의 이야기를 패러디하면서 그의
거세 공포를 자극하는 부분이다.

> (…) 어떤 날엔
> 이야기가 진절머리 날 정도로 웅얼거리며 교훈으로 이어지자,
> 난 겨우 깨어 있었어. "이(솝) 부인, 행동이 말보다 더
> 중요한 법이라오." 그건 딴 거지, 섹스는 진저리 날 정도.
>
> 어느 날 밤엔 내가 '꼬추요' 하고 울지 않는 작은 수탉,
> 그리고 냄비가 주전자 보고 말한 그 검은색보다 더 시커먼

마음을 지닌 날 선 도끼에 관한 우화를 이야기해줬지. "내가
내 체면을 위해 네 꼬리를 자를 거야, 알겠지"라고 내가 말했어.
그랬더니 그가 입을 닫더군. 최후엔 내가 웃었지. 아주 오래.

이솝이 말보다 행동이 중요하다고 했지만, 부인이 느끼기에
그의 실제 (성적) 행동은 별로였던 듯하다. "울지 않는
작은 수탉"의 원문은 "a little cock that wouldn't crow"인데
여기서 "cock"은 수탉이라는 의미 이외에 속어로 남성의
성기를 의미하기도 하다. 또한 "네 꼬리를 자를 거야"의 원문은
"I'll cut off your tail"인데 문맥상 "tail"(꼬리)은 "tale"
(이야기)과 같은 소리를 내는 단어로서, 이를 통해 부인은
남편 이솝이 이야기한 교훈을 그대로 반복하여 패러디하면서
동시에 그에게 지루한 이야기를 그만하라고 경고하는
것이기도 하다. 더군다나 더피가 이 구절과 관련해서 1993년
미국에서 벌어진 로레나 보빗의 남편 성기 절단 사건을
언급한 것을 감안한다면, 이솝은 결국 거세 공포를 자아내는
"날 선 도끼"로 인해 입을 닫을 수밖에 없었을 것이다.
　　또 다른 흥미로운 문학적 장치는 과거의 신화들을 현대적
감각과 문맥에 맞춰 다시 쓰는 것이다. 이 특징을 가장 잘
보여주는 시는 바로 「파우스트 부인」이다. 전설 속의 인물이자
16세기 영국의 크리스토퍼 말로와 19세기 독일의 괴테에
의해 재현된 파우스트는 이제 더피에 의해 현란하게 재구성된
현대적 문맥 속에서 전혀 다른 모습으로 그려진다. 파우스트
부인은 첫 두 부분에 묘사된 파우스트의 삶을 상관없다는 듯이
이야기하고, 그 다음 두 부분에서 자신의 삶을 이야기한다.

　　(…)
　　전 세계를
　　음속보다 더 빨리 날아다니다가
　　점심을 먹더군,

달 위를 걷고

골프를 치며, 홀인원을 기록하더군,

햇빛으로 아바나산 시가에 불을 붙이더군.

(…)

스마트폭탄과

상해를 가하는 것들에 투자하며,

파우스트는 무기 거래를 하더군.

파우스트는 깊이 관여했다가 그만두고 나오더군.

농장을 사고

양을 복제하고,

파우스트는 같은 마음인 보-피프를 찾아

인터넷 서핑을 하더군.

나로 말하자면,

내 나름대로 달달하게 잘 살고 있었지,

로마를 하루에 구경하고,

짚에서 황금을 자아내고,

얼굴을 당겨 주름 펴는 시술을 하고,

유방 확대 수술을 하고,

엉덩이를 팽팽하게 만들고

중국, 태국, 아프리카에 갔다가

개화되어 돌아왔어.

(…)

인생이 다 그렇지 뭐.

내가 병들었을 때,

지옥처럼 아프더군.

신용카드로

신장을 하나 샀더니,
　　곧 좋아지더군.

여기서 한편으로는 영국의 전승 동요에 등장하는, 자기 양을
놓친 여자 아이 "꼬맹이 보 피프", "로마는 하루아침에
이루어진 것이 아니다"에 대한 반어적 비유, 짚을 물레로
자으면 황금으로 바꿀 수 있다는 거짓말로 인해 벌어진
룸펠슈틸츠헨 이야기 등이 사용된다. 다른 한편으로는 세계
최초의 체세포 복제양 돌리, 불법적인 무기 거래, 음속 질주,
우주여행, 인터넷 서핑, 성형 수술, 장기 매매 등 근·현대
과학 기술과 관련된 요소들도 사용된다. 초현실주의의
데페이즈망 기법을 연상시키듯, 이 두 가지 요소가 복합적으로
얽혀 있는 문맥 속에서 색다른 파우스트와 그의 부인이
등장한다.

　　아마도 첫 번째 특징인 단어의 소리와 세 번째 특징인
현대적 감각 및 문맥을 가장 효과적으로 인상 깊게 결합한
예는 「립 반 윙클 부인」의 마지막 연일 것이다.

　　한데 제일 좋은 건
　　단연코 다른 무엇보다 제일 좋은 건
　　그다지 별 애정 없이 섹스에 작별을 고한 것이었어.

　　그날까지는
　　나이아가라 폭포의 파스텔화를 그려 내가 집에 왔더니
　　바이아그라를 달그락거리며 그가 침대에서 일어나 앉아 있던.

외출을 나갔다가 사라져 이십 년간 돌아오지 않던 남편으로
인해, 홀로 중·장년기에 접어든 립 반 윙클 부인은 기꺼이
섹스에 작별을 고하고 그사이 새로운 취미 생활로 여행을
다니며 그림을 그린다. 이십 년이 지난 어느 날 "나이아가라"를

여행하고 집으로 돌아와 보니, 남편이 "바이아그라"를
달그락거리며 침대에서 기다리고 있는 것이 아닌가.

이런 대표적인 몇몇 시적 장치와 더불어, 『세상의 아내』의
구성 방식 한 가지를 이해하는 것도 시를 즐기는 데 도움을
준다. 더피가 한 인터뷰에서 밝혔듯이 이 시집은 "시인이
되어가는 한 어린 소녀에 관한 시 「빨간 모자」(Little Red
Cap)에서 시작해서 어머니가 되어가는 한 여인에 관한 시
「데메테르」(Demeter)로 끝이 난다." 첫 시인 「빨간 모자」는
중세부터 전해지다가 프랑스의 샤를 페로와 독일의 그림
형제가 쓴 동화를 다시 쓴 것이다. 이 시의 화자인 빨간 모자
소녀는 유년기로부터 성년기로 성장해 가면서 주체적인
시인이 되려고 결심하고, 의도적으로 남자 늑대의 시 세계로
들어갔다가, 마침내 자기표현의 가능성을 찾은 후 주체적인
존재가 되어 "혼자서" 숲에서 나온다.

하지만 그때 나는 어렸지—그리고 버섯이
매장된 시체의 입을 틀어막는다는 걸, 새들이 나무의
발화된 생각이라는 걸, 백발이 되어가는 늑대가
해마다, 계절마다, 똑같은 운율, 똑같은 이유로
달을 보며 똑같은 구식 노래를 울부짖는다는 걸 알아차리는 데
숲 속에서 십 년이나 걸렸어. 나는 도끼를 들고

버드나무를 내리쳤지 어찌 우는지를 보려고. 나는 도끼를 들고
연어를 내리쳤지 어찌 뛰는지를 보려고. 나는 도끼를 들고
자고 있던 늑대를, 음낭에서 목구멍까지, 한 번에, 내리치곤.
내 할머니의 빛나는, 순백색 뼈들을 봤지.
나는 그의 늙은 배를 돌로 채웠어. 그러곤 바늘로 기웠어.
나는 이제 나의 꽃을 들고 숲에서 나오고 있어, 노래하며,
　　혼자서.

일인칭 여성 화자인 빨간 모자 소녀는 원작에서처럼
늑대에게 잡아먹힌 후 사냥꾼에 의해 구해지는 것이 아니라,
자신의 의지에 따라 남성 늑대 시인의 권위에서 벗어나면서
손수 "도끼를 들고" 그의 세계를 파괴한다. 수차례 반복되는
인칭대명사 "나"의 직접적인 경험을 통해 결국 "나는 이제
나의 꽃을 들고 숲에서 나오고 있어, 노래하며, 혼자서."

　　이후 이처럼 자기 의지와 결정에 따라 격하게 행동하는
스물여덟 명의 여성 화자들이 다양한 방식으로 기존의
남성 중심적 세계를 뒤흔들어 파열시킨 후에, 마지막 시
「데메테르」의 화자인 어머니 데메테르가 등장하여 자신의 딸
페르세포네와 만나는 순간을 이야기한다. 그리스신화에
등장하는 곡물과 풍요의 여신인 어머니는 딸이 하데스의
지하 세계로 내려가 있는 동안 지속되던 겨울이 지나고 이제
그 딸이 지상으로 올라와 자신과 만나는 봄의 순간을
만끽한다.

　　　그녀가 온 길이 멀고 멀었지만,
　　　마침내 나는 그녀,
　　　내 딸, 내 아이가,
　　　들판을 가로질러

　　　맨발로, 온갖 봄꽃을 어머니인 나의 집으로
　　　몰아오는 걸 보았어. 맹세하건대,
　　　그녀가 움직이자 대기는 부드러워지며 따뜻해졌고,

　　　푸른 하늘은, 때맞춰,
　　　수줍어하는 초승달의 작은 입으로 미소 지었어.

첫 화자인 빨간 모자 소녀가 늑대의 "구식 노래"가 지배하던
숲을 벗어나 "혼자서" 들고 나온 "나의 꽃"은 마지막

화자인 어머니를 만나러 오는 딸이 몰아오는 "봄꽃"으로
이어진다. 순진무구한 빨간 모자 소녀가 자기 의지에 따라
남성적인 경험의 세계에 "도끼"를 들고 거칠게 대처하기
시작한 후, 이어지는 스물여덟 명의 다양한 여성 화자들이
이런 대처 방식을 증폭시켜가며 색다른 세계를 열어
보여주다가, 마지막에 이르러 겨울을 지낸 어머니가 된
화자는 그다음 세대인 딸이 만들어내는 봄의 "부드럽고"
"따뜻한" 세계를 열어 놓는다. 여기엔 첫 시에 등장했던
"도끼"와 그에 상응하는 것들이 더 이상 나타나지 않는다.

　　　서른 명의 여성 어벤저스 일인칭 화자들이 각각 전하는
서른 편의 이야기를 모은 『세상의 아내』는 현대의 한
이야기꾼 시인인 더피가 "엔터테인먼트" 시대를 살아가며 더
이상 긴 이야기 시를 읽지 않는 독자들을 위해 쓴 현대의
축소판 『데카메론』(1348~1353년경) 혹은 『켄터베리 이야기』
(1387~1400)일 것이다.

　　　이 시집에 관한 옮긴이의 다소 지루한 해설을 마치고,
끝으로 더피가 한 인터뷰에서 언급한 말을 되새겨보는
것이 좋을 듯하다. "만약 내가 동성애자의 우상이며
롤 모델이라면, 그건 대단한 일이다. 하지만 만약 그 표현이
나를 깎아내리기 위해 쓰인다면, 왜 그 사람이 나를
깎아내리고 싶어 하는지를 물어야만 할 것이다."

　　　　　　　＊ ＊ ＊

이 시집을 옮기는 과정에서 많은 분들의 도움을 받았다.
일반적인 오역뿐만 아니라 본인이 여성 시인의 시를 옮기는
남성 번역자로서 이해하지 못한 부분들을 수정하는 데
많은 도움을 준 연세대학교 대학원생 김윤서, 명채린,
구연우에게 감사의 마음을 전한다. 또한 마지막까지 모호했던
부분을 잠정적으로나마 결정하여 번역하는 데 도움을 준

로렌 굿맨(Loren Goodman) 시인·교수와 이태희(Tae-Hee Lee), 킬패트릭 리 린다(Kilpatrick-Lee Linda) 실용영어 담당 교수에게도 감사드린다.

시공간의 제약을 넘어 전해지는 고전적 우화를 만드는 데 골몰했던 이솝을 무척이나 지루해했던 그의 부인. 부인은 남편의 우화를 지루해하며 자기가 이야기하는 것이 더 낫겠다며 새로운 이야기꾼으로 나선다. 이 번역 시들을 조금이라도 더 쉽게 읽히도록 초고를 과감하게 손질해준 아내 김백화에게 감사한다. 초고를 읽고 "재미는 있네!"라는 아내의 긍정적인 반응이 없었더라면, 이 번역 시집은 세상에 나오지 못했을 것이다.

캐롤 앤 더피의 『세상의 아내』는 추운 겨울을 지내던 데메테르가 봄꽃을 몰아오는 딸 페르세포네와 조우하는 봄을 묘사하는 장면으로 끝을 맺는다. '봄날의책'에서 출간된 이 번역 시집이 앞으로 더 훌륭한 번역 시집들을 출간하는 계기가 되기를 바라며, 여러 모로 애써주신 박지홍 대표께도 감사의 마음을 전한다.

김준환

지은이 캐롤 앤 더피(Carol Ann Duffy)

1955년 스코틀랜드 글래스고 출신의 시인, 극작가, 동화 작가이며,
첫 여성, 첫 스코틀랜드 출신, 첫 동성/양성애자로서 20대 영국
계관시인(2009~2019)으로 선정되었다. 글래스고의 노동계층 로마
가톨릭 가정에서 태어나 여섯 살에 영국 스태퍼드셔로 이주해 살았다.
그녀의 시에 가끔 등장하는 스태퍼드 여자고등학교(1970~1974)를
졸업한 후 리버풀 대학(1974~1977)에서 철학을 전공했다. 현재
맨체스터 메트로폴리탄 대학의 영문학과 현대시 교수 및 창작교실
주임교수로 재직하고 있다.

대표적인 시집으로는 『서 있는 여자 누드모델』(*Standing Female Nude*,
1985), 『맨해튼 팔기』(*Selling Manhattan*, 1987), 『다른 나라』(*The Other
Country*, 1990), 『비열한 시간』(*Mean Time*, 1993), 『세상의 아내』
(*The World's Wife*, 1999), 『황홀감』(*Rapture*, 2005), 『사랑 시편들』
(*Love Poems*, 2010), 『벌』(*The Bees*, 2011), 그리고 가장 최근에 발간된
『성실』(*Sincerity*, 2018) 등이 있다. 특히 21세기에 들어서며, 더피는
아이들을 위한 동시 『모자』(*The Hat*, 2007), 그리고 동화 『바다 아래
농장』(*Underwater Farmyard*, 2002), 『눈물 도둑』(*Tear Thief*, 2007),
『공주의 담요』(*Princess's Blankets*, 2009), 『도로시 워즈워스의 크리스마스
생일』(*Dorothy Wordsworth's Christmas Birthday*, 2014) 등을 발간했다.

더피는 시그널 상, 스코틀랜드 예술원 상, 서머셋 모음 상,
딜런 토머스 상, 화이트브레드 (코스타) 시 부문 상(3회), T. S. 엘리엇
상, PEN 핀터 상, 미국의 란난 & E. M. 포스터 상 등을 받았다. 또한
대영제국 훈장 제4등급(OBE, 1995), 제3등급(CBE, 2002),
제2등급(DBE, 2015)을 받기도 했다.

더피는 시의 단어에서 형식에 이르는 여러 층위에서 다양한
실험을 하면서, 주로 공감적 상상력을 통해 성·인종·계급의 폭력적인
구조 속에서 억압받고 소외된 사람들이 자신들의 시선으로 본 세상을
이야기할 수 있게 한다. 1990년에 발간된 『다른 나라』는 당시 영국 수상
마거릿 대처를 중심으로 한 보수당 집권 시기(1979~1990)의 사회적
문제를 다루고, 2018년에 발간된 『성실』은 "트럼프와 브렉시트라는
사악한 쌍둥이"로 인해 대처 시대보다 훨씬 더 악화된 현재의 정치적인
문제를 다룬다.

옮긴이   김준환(金埈煥)

1960년 부산에서 태어나 연세대학교 영어영문학과를 졸업하였다. 같은 대학교 대학원에서 영·미시 전공으로 석사학위를 받았으며, 미국 텍사스 A&M 대학에서 같은 전공으로 박사학위를 받았다. 이화여자대학교 영어영문학과 교수를 거쳐 현재 연세대학교 영어영문학과 교수로 재직하고 있으며 20세기 초 모더니즘부터 최근에 이르는 영시를 강의하고 있다.

저서는 『"서구 상자" 밖으로: 에즈라 파운드와 찰스 올슨의 다문화주의 시학을 향하여』(*Out of the "Western Box": Towards a Multicultural Poetics in the Poetry of Ezra Pound and Charles Olson*, Peter Lang, 2003), 공저는 『탈식민주의: 이론과 쟁점』(문학과지성사, 2003), 『포스트모던 시대의 영, 미시』(LIE, 2009), 『현대 영미 여성시의 이해』(동인, 2013), 논문은 「김기림의 반-제국/식민 모더니즘」, 「영, 미 모더니즘 시와 한국 모더니즘 시 비교연구: T. S. 엘리엇과 김기림」, 「네그리뛰드와 민족주의: 셍고르와 쎄제르」 등이 있다. 번역서는 『포스트모더니즘의 환상』(테리 이글턴, 실천문학사, 2000), 『민족주의, 식민주의, 문학』(테리 이글턴, 프레드릭 제임슨, 에드워드 사이드, 인간사랑, 2011), 『낯선 사람들과의 불화』(테리 이글턴, 도서출판 길, 2017)가 있다.

옮긴이는 현재 서구중심주의를 넘어선 모더니즘과 모더니티에 초점을 맞춰 영어권 모더니즘 시와 한국 모더니즘 시를 비교 연구하고 있다. 또한 『지구적 세계문학』(글누림)의 편집위원으로서 더피를 포함한 현대 영어권 시인들의 시를 번역하여 소개하고 있으며, 최근에는 나이지리아 시인 니이 오순다레의 시 선집을 번역하고 있다.

세상의 아내

초판 1쇄 발행   2019년 8월 14일

지은이   캐롤 앤 더피
옮긴이   김준환

발행인   박지홍
발행처   봄날의책
등록   제311-2012-000076호 (2012년 12월 26일)
주소   서울 은평구 연서로 182-1, 502호 (대조동, 미래아트빌)
전화   070-7570-1543
전자우편   springdaysbook@gmail.com

기획·편집   박지홍
교정·교열   최규승
디자인   전용완
인쇄·제책   아르텍

ISBN 979-11-86372-68-5 03840

이 도서의 국립중앙도서관 출판시도서목록(CIP)은 서지정보유통지원
시스템 홈페이지(http://seoji.nl.go.kr)와 국가자료공동목록시스템
(http://www.nl.go.kr/kolisnet)에서 이용하실 수 있습니다(CIP제어번호:
CIP2019029577).